U0878527

斗石头

FIGHT AGAINST STONE

《刀锋上的行走》修订版

刘　洋 ———— 著

北京日报出版社

樊登荐语

一 为什么要读这本书

一般来说，我很少推荐艺术类书籍，但这本书非常特别。它不是一本讲雕塑如何如何的书，也不是一本讲雕塑家本人如何成长的书。

一眼看去，你以为是一个雕塑家在写自己趁着创作机会到处旅游的游记，但其实用刘洋本人的话说，《斗石头》（《刀锋上的行走》修订版）写的其实是一种生活方式，每个人都可以按照自己的理想去生活。

一本写工作写旅游的书能品出生活的味道，要的不是雕塑家手中的刀，而是他的文笔思想。这么说吧，在手机横行的今天，少有的能让你带着在公车、卫生间看得乐不可支或会心一笑的书里面，它是其中之一。

二 作者“奇人”

没错，不是“其人”，我没打错！
先看一段敬一丹大姐是怎么形容他的：“刘洋是干什么的？当我们一起重走长征路时，我以为他是个职业徒步探险者，不知道他还个是雕塑家；等我知道他是个雕塑家时，还不知道他做电视嘉宾有那么好的口才！等我看了这本书，我又知道他竟然还有这么可爱的文字。这么混搭，这么玩一样地工作，这么一个人写的书，有趣有料，好看好玩！”
掰起指头，敬大姐说了几个身份：徒步探险者，雕塑家，电视人，作家，这还不够，我们看看刘洋的履历：上大学学的是食品工程专业，兼修工商管理，当过记者，办过报纸，自学雕刻，《实话实说》栏目编导

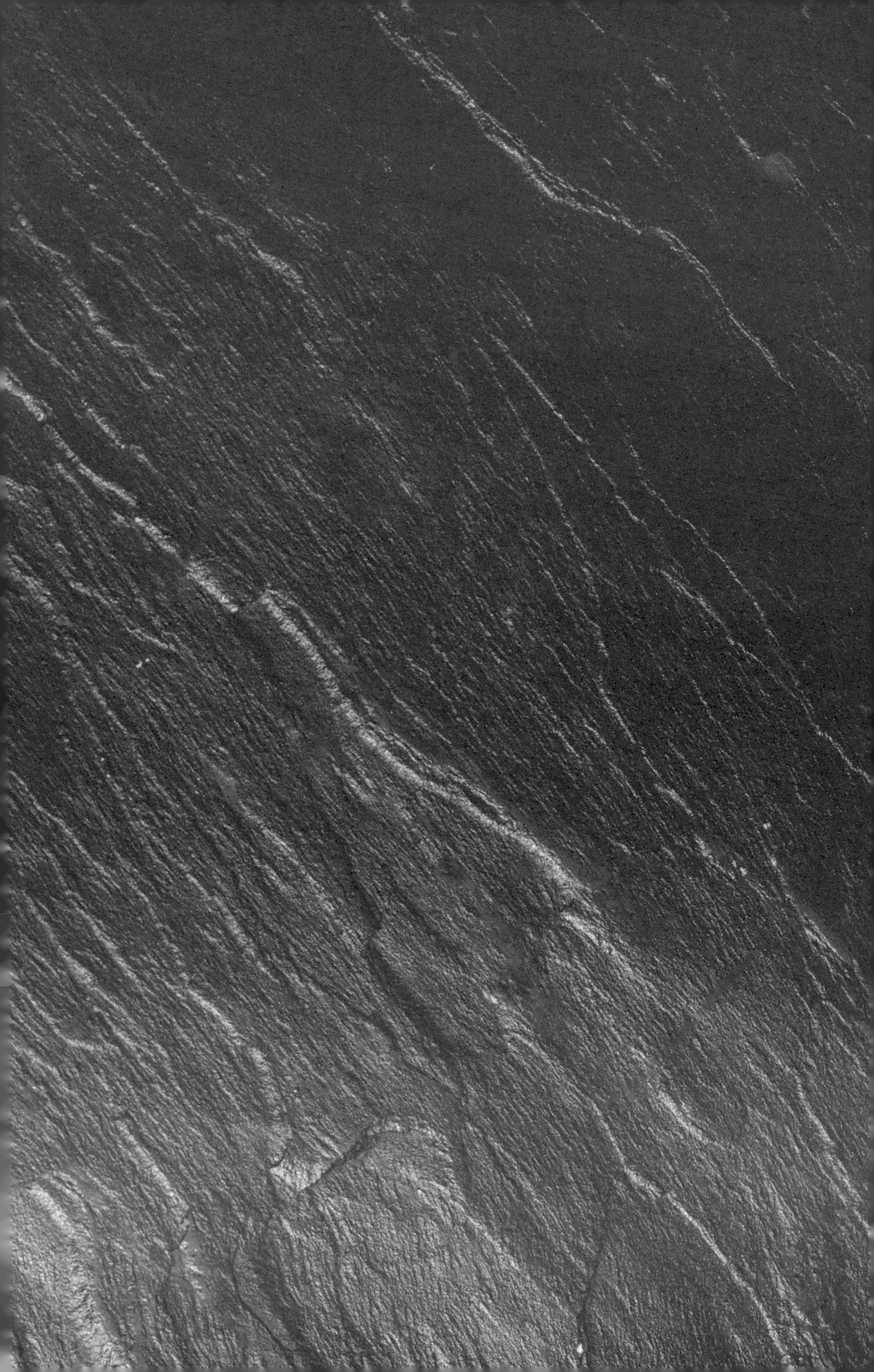

《我的长征》“前敌总指挥”，国际雕塑创作营联盟秘书长，中国雕塑专业委员会副秘书长，主持过香港健康卫视的《健康有道》，在新疆卫视、中央人民电台担任评论员，网易专栏作家，拍摄过微电影，曾获得过服装设计大赛国际铜奖，对了，他还是国家二级足球裁判。

看看，十个指头不够数吧！往好了说是这人老有才了，无所不能；酸酸地说，这人跳槽也太频繁了吧，不务正业！且慢，你能跳这么多槽给我看看！你跳得了吗？你不是科班搞美术，却能和国际一流雕塑家一起玩创作营；你就那么不专业地玩了几天的新闻，就能为小崔做编导；你不是向导，却能为《我的长征》领路；对了，你文笔好、口才好，当个专栏作家、主持人我能理解，你还获得服装设计大赛的国际大奖，这让我们上班族情何以堪？

三 乐天与道义

雕塑是绘画的子类，书画一体，刘洋的雕塑和服装设计成就，可见得书画功底自然出众，而且还有一位出色的画家妻子可以加分；刘洋当记者、玩专栏、出专著，虽游历世界，但丝毫无造作、浮夸的味道，仍秉持好玩有料的态度，颇有全能大师苏东坡之风。

在林语堂的笔下，东坡先生是“一个不可救药的乐天派，一个伟大的人道主义者，一个百姓的朋友，一个大文豪，大书法家，创新的画家，造酒试验家，一个工程师，一个憎恨清教徒主义的人，一位瑜珈修行者，佛教徒，巨儒政治家，一个皇帝的秘书，酒仙，厚道的法官，一位在政治上专唱反调的人，一个月夜徘徊者，一个诗人，一个小丑”。

请注意，最后的小丑不是贬义，而是说他在朋友中插科打诨、谈笑谐谑。在我眼里，也许书画文采只是果，那个因，林语堂先生早给你画出来了，就是“一个不可救药的乐天派，一个伟大的人道主义者”。

老友和晶是这样评价刘洋的：“有一种人总能让你感受到轻松，刘洋就是这样，不管在人群里，还是在自然界中，我很少能看到他的局促和焦虑，这在当下人的身上很少见……我很尊重这样活着的人，不疾不徐，真实地面对自己，接纳自己，然后和这个世界自在地相处。”这样的描述，你能找到相似的出处吗？

有一次，子瞻（苏轼）对弟弟子由（苏辙）说：“吾上可陪玉皇大帝，下可陪卑田院乞儿，眼前见天下无一个不好人。”显然世上少有人能比得了东坡的才华傲人，但刘洋式的谦和、自在却更如怡人清风，我们也祝愿他艺业精进。

四 把梦想过成生活

我在想，为什么“乐天派、人道主义”多才多艺，艺不压身，身至巅峰？

抛开资质、天赋、秉性而论，面对自然的困难，乐天者不会畏缩不前；面对主观、人际困难，道义者会有原则、底线，不会瞻前顾后。

这样的人，读书就是读书，画画就是画画，不喜欢的专业学了也不干，喜欢的事就要一头扎到黑，自然可以将天赋发挥到最大处！自然可以过上这样的生活！正如黄健翔的荐语：“把梦想过成生活，刘洋兄弟这样的活法，我看，拿什么都不换。”

读者们，也许你们很多人很动心这样的生活，如果你不是个彻头彻尾的乐天派和人道主义者，羡慕也就留在嘴上吧。你看到的是乐呵呵，美滋滋，其实付出与艰辛，冷暖自知！

结语

当然，本书这么厚也不只是讲区区这个道理。你要对艺术有兴趣的话，你就明白雕塑创作营（Sculpture Symposium），也就是主办者选择并围绕一个拟定的主题，邀请一些国内外的雕塑家、艺术家，大家吃住工作在一起，在规定的时间内，在助手队伍的配合下，完成一件作品，永久矗立在城市公园中。主办方会报销艺术家们的往返差旅费、食宿等，付给数量有限的报酬。

当然，这是书面定义，通过本书，你能了解他们的生活意趣，各地的工作环境和工作文化。

当然，关于雕塑作品创作的艺术普及就期待刘洋老师的下一本书了。

不过，我最推荐的还是那些刘洋式的小品美文，谁看谁喜欢。

自序

PRE-FACE

我叫刘洋，全国20万刘洋中的一个。我算是比较早的一批叫刘洋的，这批人已经年近半百。

我们在小学的时候，彼此会起外号，知识有限，往往起个谐音，于是我的外号就叫“老羊”，现在，学生们会尊称我一声“羊老师”。为了酷一点，我在网上号称“刀客老羊”。一般没两把刷子的，都不敢叫“刀客”，我斗胆，因为我真有刀——雕塑刀。而且十年前，我开始了流浪地球的雕塑之旅，目前我已经在34个国家完成75座大型雕塑，上面刻着“CHINA LIUYANG 20XX”，这些雕塑已成为当地的永久景点。

你去与不去，它都在那里等你，十年、百年、千年，不离不弃。

转为职业雕塑家也就是十年前的事，之前我是个媒体工作者，在自媒体横行的当下，离开这行，也算保了晚节。我做过的电视节目，一般人都看过，那是中国最权威媒体的最热门节目；我做过的报纸，一般人都没看过，而且在不久前，宣布停刊。

再往前，我在一所农业院校的食品专业学习，我的专业充满乐趣，在那个物质还不是很富裕的年代，我们可以利用专业学习之便，在实验室喝红酒、吃烤鸡。我还学过将近十门的化学，这一直是我在媒体圈和雕塑圈向人炫耀的事情。我的机械制图几近满分，有很不

错的空间感，这暗示着我未来的雕塑之路。但那时候没想过会环游世界，第一次去首都北京的时候，我都 26 岁了，在十年后，我幸运地有机会出国了。

而如今，一年去几个国家做雕塑，是经常的事情。以前，我要做一个为中国人民服务的人，现在服务世界人民啦。世界人民也待我不薄，在不明真相的情况下，把我当成了大师，他们不知道，现在在中国被称为“大师”的，得有多强大的心理承受力啊。被人夹道相迎，索要签名，追着屁股合影，走上高高的舞台，在几百人面前高谈阔论，然后又在网上被几百万人围观……又出书，又被拍成纪录片，还有人自称“羊肉粉”……怪不得人人都想当大师，当明星。

真正令我自豪的是——实实在在，亲自动手，用汗水甚至鲜血浸染出一座座石雕、一尊尊铜像。这些雕塑坐落在喜马拉雅山脚下、阿拉伯沙漠腹地、尼罗河畔；同印度文明、玛雅文明、埃及文明对话，让整个地球成为我的展厅。

说到本书，最关键的一个词就是“雕塑创作营”。

“雕塑”作为视觉艺术的一种，没什么存在感。但也不要小瞧，无论哪本历史书的第一页都是从雕塑开始。历史讲究证据，各个时期的历史文明大多都是以雕塑的形式记录下来。它因为材料耐久、体量大被称为“艺术类里的重工业”。以至于雕塑家应该属于重体力劳动者，享受 55 岁退休的待遇。

雕塑家是最不愁没饭吃的一批艺术家，如果艺术市场不景气，可以改行石匠、铁匠、木匠、泥瓦匠，焊工、油工、修理工，有一把力气，还不怕脏，修下水道也行。那些画画的改行，顶多一个油漆匠，还不一定刷得匀。作为艺术品，雕塑也有天然的优势，如果看走眼了，卖废铜废铁，也能回本一二。那画呀，当厕纸都嫌硬。

不要嫉妒人家画画的啦。

“创作营”英文 Symposium，直译是研讨会，我认为翻译成“创作营”更贴切。目前其他机构也会跟着这么翻译，不知道是否啥时候会写

入牛津英汉词典。创作营这样的一种模式，是由政府或者机构出资，全球选雕塑艺术家在 1~6 周的时间里，在一个公共区域，现场创作雕塑。材料石头居多，此外还有木头、金属焊接、青铜和少量的装置。人数少则三五人，多则达一二百人，北京就有过一次两百人的，在北京国际雕塑公园。活动结束，为这些雕塑建一个雕塑公园，或者摆在城市重要的节点。一般情况下，创作营在每个国家会选一个代表，随之会升起一面你的国家的国旗。五星红旗因为我已经在 30 多个国家升起，这是可以骄傲一下的。

创作营是一种国际文化交流方式，谈钱有点俗，但不谈钱又假。组委会除了负责吃住和路费，还会给一部分稿费。相对于目前艺术领域，某些在国外自炒自卖的现象，在国外赚点美元、欧元、卢布、卢比、盾、铢、镑、郎，才算是真正让中国文化走向世界。

这本书内容分两部分，一部分是 2012 年的，另一部分接近 2020 年。回头看看八年间，还是有很多的不同，至少胡子白了很多。如果用一句话来介绍这本书的话，可以这样评价：这是一本高雅的旅游书，也是一本通俗的艺术书。把游山玩水、上车睡觉、下车撒尿的闲事，提高到对话文明、缔造历史、千秋万代的高度，算不算雅？

说丹麦美人鱼湿身，说比利时撒尿小孩露点，说兵马俑是中国的制服诱惑，说人面狮身是埃及的人兽综合体，够不够俗？岂止俗，简直恶俗。一个人带着十八般工具，环游世界，立碑铸像，这还真不是一般人可以有的经历。不完全统计，各色人等也不过千余人，关键我还会说啊，也会写啊。

于是……

我把近十年来，在世界各地创作雕塑的过程记录下来，用不同的眼光看着这个世界，与不同国家的人合作来体会这个世界，建造一座座雕塑去对话这个世界。

于是……

当你捧起这本书，我就坐在了你的面前……

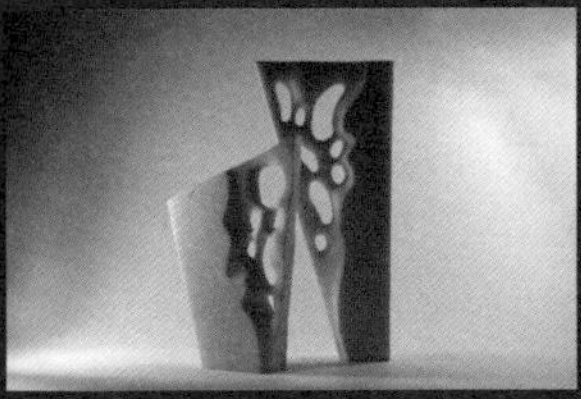

2017
Hualien
International
Stone
Sculpture
Festival

2017
Hualien

CON-
TENT

目录

Nº.1

红绳子

东方人的智慧：天下之至柔，驰骋天下之至刚。与坚硬、刚硬相比，以柔克刚更是一种独特的生存智慧，用柔软的红绳子来改变坚硬的石头的状态，除了红色会在暗沉的石头中显现，还隐隐有着“红色的力量”的含义。

№.2

水

“水”系列作品都是以当地的母亲河或著名的水域命名。在作品的形式上，更多地利用了正负空间演绎的水和岸的变化，来营造唯美的视觉享受。这个系列延续了红绳子系列，是对东方“阴阳、刚柔、强弱”的探讨。

Nº.3

小人物

“小人物”系列的作品名字都比较好玩，来自中国的一些俗语。比如《门外汉》《墙头草》《梁上客》……作品造型既简单又夸张，表达的形式直接明了，又会让人浮想联翩。

Nº.4

生物和几何

简单来说，就是一个人，或者两个人，和一个方盒子或者两个方盒子的关系。人是生物，方块是几何。延伸了说，雕塑展示的就是人本身和外界事物的关系，以及通过外界事物展示人和人之间的关系。

Nº.5

方脑袋

“方脑袋”是中国西南一个俗语，大概就是笨小孩的意思。方头方脑的不仅有动物，也有人。方脑袋让生物之间有了相同的基因。在当今这个复杂的社会中，简单、愚笨、单纯或许是更好的选择。

No.1

红绳子

以色列 · 加利利《高个子的小红和矮个子的小翠》

东方人的智慧：天下之至柔，驰骋天下之至刚。与坚硬、刚硬相比，以柔克刚更是一种独特的生存智慧，用柔软的红绳子来改变坚硬的石头的状态，除了红色会在暗沉的石头中显现，还隐隐有着“红色的力量”的含义。

俄罗斯 · 奔萨《奔萨的力量》

法国 · 诺曼底《诺曼底的力量》

阿根廷·罗尔丹《罗尔丹的力量》

1

高个子的小红和矮个子的小翠

在这个战火纷飞的国家，『石在加利利』雕塑创作营已经举办20多届了。

我2012年的创作营之路是从以色列开始的。以色列“石在加利利”雕塑创作营已经举办20多届了，对于这个战火纷飞的国家，我们觉得太不可思议了，但这个特立独行的国家以其强大的魅力，让我决定了这次的以色列之旅。

以色列的特拉维夫并不为人熟知，最出名的当然是耶路撒冷，其他如伯利恒、加沙、约旦河西岸等字眼经常出现在新闻联播的后几分钟，从中国的新闻里看以色列，就是恐怖、爆炸、空袭。其实，国外看中国也大体如此，车祸、塌桥、断路、大火，都是新闻惹的祸。从特拉维夫往北到黎巴嫩边境就是加利利了，这里的气氛还是蛮祥和的，和当地人讨论关于危险的问题时，他说他在中国被小偷偷过，中国同样很危险。我无语了。

• 雕塑《高个子的小红和矮个子的小翠》

以色列是一个宗教国家，假日休息是不折不扣的，对于我们这些外国人也不例外，其实这也让我们有了欣赏这个国家的机会。

这个雕塑创作营有不到 20 个雕塑家，国际雕塑家多一些，遇到了很多老朋友，甚是开心。以色列的雕塑家有犹太人和阿拉伯人，看来他们相处得不错。我们有机会到阿拉伯艺术家的家中做客，他五个如花似玉的女儿，跑前跑后地给我们端茶倒水，他最小的孩子是个男孩。

雕塑创作的时间不长，工作强度算是很大了，每天都要工作到天黑。踏着夕阳，欣赏着路旁之前每届的雕塑作品，是每天的一个乐事。这个城市的雕塑已经积攒了几百件了。材料比较单一，都是当地的一种砂岩，强度和大理石类似。这次我的雕塑是《高个子的小红和矮个子的小翠》，其实整个雕塑既没有红，也没有翠。不一样的经历是，这次创作营，我的左手中指指甲被砸掉。当时看起来血淋淋的样子，以至于我漂浮在死海的时候，一直高举左手中指，只是避免伤口浸在死海里，没有其他的意思。

死海海拔大约 -400 米，是陆地海拔最低的地方。我下一个目的地珠穆朗玛峰，是世界上海拔最高的地方。

2

刀客的行囊

我们迎接来自世界各地的顽石，让它们变得柔软，变得有生命。

这是春乍暖花未开的北京3月。我正准备开始我疯狂的一年的第一个创作营，这个疯狂是到了八个月后我才完全体会到的。收拾行囊，打包上路，迎接你的是来自世界各地的顽石，你要做的是让它变得更柔软，变得有生命。

都说我们做雕塑的都是万能工，做木雕的时候是木工，手中的工具就是锛、凿、斧、锯，做金属的时候就是焊工，用的是电焊、气焊、氩弧焊。做泥塑的时候就是泥瓦匠，用瓦刀、抹子，打石雕的时候是石匠，翻石膏的时候就是粉刷工，还要应付经常出问题的电动工具，电工也要略知一二。

记得，我们以前做雕塑的时候，经常懒得换衣服就出去吃午饭，饭店的老板，每天看着我们工作服上或是泥，或是油，或是木屑，或是石粉，总也猜测不出我们的职业。有个笑话“远看像一个要饭的，近看像个捡破烂的，一打听，美术学院的”，话糙理不糙。

我们这种“刀客”的行囊对一般人而言则是充满了神秘。出门在外，万事靠自己，一般的日常用品自然不必说，工具才是行囊中的主角，这些工具就是“刀客”的十八般兵器，有带尖的，带刺的，带棱的，带刃的，带锁链的，带拧劲的……最重要的工具是一个 23 厘米的切割机，有的也叫角磨机，23 厘米是说的锯盘的直径。这可是个大家伙，很暴力，有 7 公斤重。话说李元霸一对大铁锤重达 800 斤，骗鬼呀，就算关羽关云长的青龙偃月刀要 82 斤，我也是不信的。23 厘米的锯盘，跟欧美人一米八九的大个子比起来，倒是配套，对东亚人这种小个子来说，就夸张了一点。至今，有些体力不好的，或者女艺术家，采用的是 18 厘米直径的小一号的锯盘，机器也要轻一点。相对会安全，就是威力会减小一些。这个工具相当于我们的开山板斧。面对一个几吨重的石块，它一次性可以帮你砍掉大约几十公斤的石料。同样的工具，还有一个 10 厘米锯盘的小角磨机，当然这就是处理细节的。

我们这些艺术家都是工具控，无论到了什么地方最先光顾的就是工具店，尤其是到了中国，因为中国工具价廉物美，虽然质量差一点，但是性价比还是很高

• 雕塑工具——电链

的，外国艺术家们边买工具，边算计着行李的重量。对于工具的热爱，中外有很大的区别。我在国外看到过很多人家的“工具间”，而且这些户主并非都是“工具控”的艺术家。偌大的工具间，散发着机油、铁锈、木香的味道，透着一股阳刚之气。各式工具整整齐齐地挂满一墙，几处空着的地方，有用笔勾勒的这个工具的轮廓线，显然这个工具正在使用中。工具用完之后，可以准确地按照工具的轮廓物归原位。有的工具看似已经久远，实际的用途已经比不上象征的意义，摆在那里俨然是一个充满故事的艺术品。

这样的工具间，并不代表它的主人是一个技术工人，或者农场主，即使身为总统一样的“高管”，都有亲自动手制作家具、修缮房屋的劳动技能。

如今在我们很多人的血液里滚动着的是“以吃为荣”“以劳动为耻”的“高贵”的血液，以前被尊为“劳动的汗水”，如今贬为“劳动的汗臭”，汗臭，那是有人味，稀释很多很多倍，就是制成伪装高贵的“香水”。

就工具来讲，欧美人使用的种类更多，和吃饭一个道理，他们习惯吃不同的东西，用不同的餐具，所以吃一顿饭，换一堆刀叉。中国人一双筷子了事。所以欧美雕塑家带一个三四十公斤的大行李是常有的事情，而我的行李基本可以控

• 十八般兵器

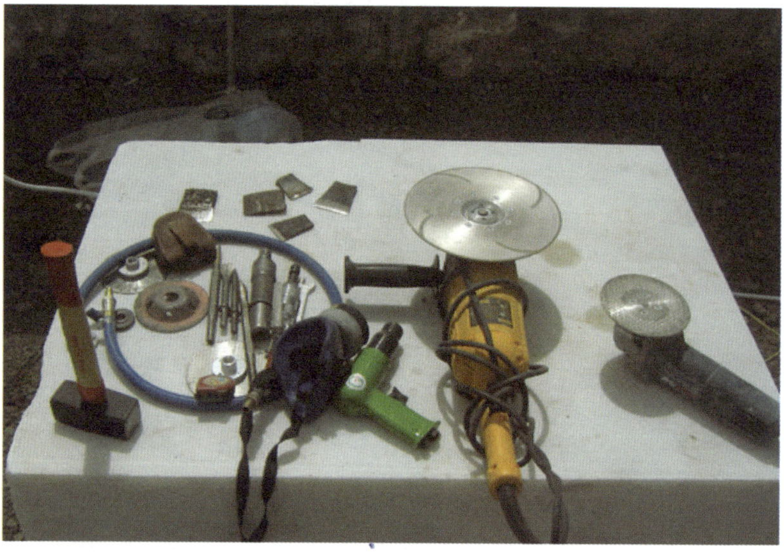

制在额定范围，23 公斤。一般情况，雕塑的电动工具和手动工具都是随身带的。少数创作营，会提供电动工具和气动工具。说到气动工具，我还有个笑话，气动工具就是我们经常看到开矿、修路时通过空气压力在岩石上钻孔的机器，也叫风钻，这是个重武器。

我当年第一次出国参加韩国的雕塑创作营的时候，从来没有用过这个工具，又不好和别人说，每天一到有人用这个工具的时候，我就上去和人家搭讪，边聊天，边观察他怎么用这个工具。等到人都去吃午饭的时候，我再偷偷地琢磨。对于大的切割机，我是、也是第一次完全独立地使用，倒霉的是，第一次使用，就碰到爆片的情况，高速转动的锯片一旦爆片，破碎的锯片速度就像子弹一样，现在回想，那也算不上倒霉，匮乏经验和技术让我不能很好地掌握工具。没有受到伤害的事故，是老天给予的最仁慈的教育。那一次，我爆片的事故和谁也没说，怕组委会担心，也怕家里人担心，那张已经扭曲的锯片，我把它深深埋在了忠清南道的山里，顺便拷贝了一个在我的心里。

韩国创作营是我第一次在国外参加的创作营，意义深远。当时，几乎对什么都一知半解，工具、语言、规则。那一次，我是带着巨大的冒险精神、牺牲精神和无知者无畏的精神去的。有点虎，有点二。

那已经是几年前的事情了。如今，我已经是千锤百炼的江湖“刀客”，背起行囊，出发以色列，没想到我的工具引起了以色列安全人员的警觉。

3 枪声与微笑

以色列对安全的警觉堪称世界第一。

以色列的安全检查是出了名的。这个被包围在阿拉伯世界的小国几乎在和整个阿拉伯世界做斗争，其勇气、警觉、自律可见一斑。其他国际航班提前两小时就可以了，但是坐以色列的航班，你要提前四小时。而且专门有一群以色列人在北京的首都机场候着你。他们在机场早早地辟出一个地方，没有中国人，全部是以色列人。他们经典的安检方式，就是不停地问你问题，看起来问题没有什么针对性，左一句、右一句。但他们肯定有一套严格的评估体系，很多问题会被不同的人问好几遍，略有出入，他们就会揪着不放。提前四小时，一点也不过分。

经过了轮番轰炸的语言暴力，安检又是一关，国内机场的安检系统，对于以色列人就是一个形式。在机场的行李房，他们还有一套自己的系统。我还真是第一次到机场的行李房，

• 随处可见的全副武装的大兵

像我这种行李里面带着稀奇古怪的工具的人，一定要被开箱验货。我问心无愧，倒也不在乎，但是我的一个小工具却怎么过安检都是报警，他们一定要截留我的工具，我这个工具陪我走了很多国家了，没啥问题的，我一再解释：“我是你们政府邀请来的，没工具我无法完成雕塑创作。”最后也没有通融，说要等工程师来打开机器，检查才可以过安检，让我留下在以色列的地址，他们会帮我快递过去。看来也只有如此了。

以色列对安全的警觉堪称世界第一，只要是公共场所，就一定有全副武装的人进行安全检查，就连吃饭也不能避免，好像上厕所不用。以色列士兵枪不离身，即使是一些私人活动，也是长枪短炮的。我们雕塑营工作的地方，距离黎巴嫩直线距离仅有十几公里。时常，我们会看到战斗机从我们头顶上飞过。街上的武装人员遍地都是，但有一点很好，武装人员，无论是军人、警察、还是保安，都有明显的制服，有安全感。不像我在其他国家看到的，很多便衣人员带着武器，也不知道是哪部分的。一边是全副武装、荷枪实弹的武装人员，一边是欢歌笑语、合家欢乐的游玩人群，一面是冷酷刀兵，一面是火热生活。这种“兵火两重天”是以色列最大的不和谐，却也是最大的和谐。我们创作营是在一个公园，每到假日，总有一家子一家子的人到这里来踏青，而且这期间还赶上了一个以色列“庙会”。很多小商贩，各种摊床，各色的文化娱乐大众健身

• 大红灯笼高高挂

活动，其中居然还有一个食品摊挂了一个中国的大红灯笼，上书四个大字“富贵花开”。里面几个年轻人，卖的是一些和中国一点关系没有的食品。他们看到我，忙要求合影：“中国人？韩国人？日本人？”在此之前，他们都不清楚这个灯笼是中国的，还是日本的。

除了吃的，还有很多独立艺术家的表演，其中我还认识了一个日本女孩，她在以色列住了一段时间了，主要从事一些表演艺术。看着一样的面孔还是多了一分亲近，并接受邀请去看她的表演。这应该是很独立的表演，是一个小的艺术团体。日本女孩扮演一个大猩猩，演绎了一段大猩猩、香蕉和镜子的故事。我几乎没看懂，不过还是挺享受这个观赏的过程。除了我，其他的观众都是一家一家的。就在这个时候，几架战斗机在公园上空飞过，飞得很低，马达轰鸣。当地人浑然不觉，继续看大猩猩怎么搞定香蕉和镜子。

在这个战争从来都没有真正意义的停止，随时都能听到枪声的国家，同时人民活得也很体面，也很有情趣，很有质量。借用一句话“以色列人民活在当下”。在以色列的第三天，我收到了以色列航空公司给我的快递，工具完好无损，明显有打开过的痕迹，以色列人办事还算靠谱。

• 我和日本女孩的合影　• 大猩猩、香蕉和镜子

④

谁动了我的手指

一声哀号，我的指甲根翻了出来……拔手指甲还可以不打麻药吗？

在以色列的工作，总的来说还是很顺利。工作的地方和住的地方离得挺远，每天都会有一辆小巴车，作为我们的通勤车。每天日出而作，日落而息，俨然是以色列的上班族。工作的日子和以色列的天空一样，晴朗得没有一点表情，可就在最后的几天，忽然降温，并且下起了小雨，4月的以色列下起了雨来，一样的冰冷。真是天有不测风云，下一句是人有旦夕祸福，这个小祸摊到我的头上了。

工作已经接近尾声。我的雕塑《高个子的小红和矮个子的小翠》已经雕刻完毕。底座也被我修得方方正正了，这一天恰好几个雕塑家的作品都要安装，组织方就调来了起重的吊车，吊车师傅来过几次，算是熟面孔了。先是安装了“高个子的小红”，再吊装“矮个子的小翠”。不知为什么，我看到“小

• 看我的手指

翠”和底座之间还有一条缝，第一反应，我的底座可能是修得不平，以至于不能完全吻合，我就下意识地用左手去试试缝有多宽，并琢磨着怎么去处理。

说时迟，那时快，吊车师傅按动了放下的按钮，随着一声哀号，我的指甲根翻了出来。身边的人马上傻了，四周的艺术家也聚了过来。第一幸运的是，我的手是举在空中，而不是压在石头下。手指头还在，都说枪打出头鸟。砸手指头，也是挑最长的那根，左手中指指甲几乎被砸掉，观察才发现，指甲根并不像指甲前面那样薄薄的，看起来很厚，当时够变态，手指甲被砸了，还有工夫研究生理解剖，看来是伤得不重。那声哀号，让我很没面子，一男子汉你号什么啊。随后，我一直故作镇静，但后来其他雕塑家告诉我，那时候我的脸都白了。

现场有急救车，简单处理后，要求我到医院把指甲拔掉，这样才能长出新的指甲。还要再拔啊，刚才还不如把指甲全砸掉呢，无奈，遵医嘱，前往附近的医院。吊车事故，也不是第一次了，就在前一天，因为吊车的绳索断了，白俄罗斯的维克多的雕塑重重地摔在地上，好在没有人员伤亡，雕塑也没有大的损伤，开吊车的哥们儿，下次可得注意了，结果第二天把我的手指又砸了，以后可长

• 惹祸的司机、“小翠”和吊车

点心吧。

出国多次，这还是第一次到医院就诊，以色列的医院也是真有特色，进大门就需要安检，整个医院里持枪的保安要多于看病的大夫，大夫一般都在屋里，保安倒是带着枪四处溜达。病人不多，医院门口停了一辆装甲车，开着装甲车来看病，也是以色列一景了。车顶上坐着几个漂亮的女兵，但是身上的长枪可是一点也不含糊，让人难有非分之想，何况我还举着一根血淋淋的手指。

医院里的病人不多，很快就排到了我，先拍片子，和国内的也没啥区别。片子显示，我的指骨无碍，也就是说我不会留下残疾，还是够幸运的。

回到外科手术室，医生问我要不要打麻药？拔手指甲还可以不打麻药吗？要是一定要打麻药，那还问干啥啊？看来还是有人选择不打麻药。这时候我想到我刚才的哀号，以及据说面无血色的脸，想到了邱少云烈火焚身纹丝不动，想到了江姐老虎凳、辣椒水永不低头。我怎么能不像一个男人，给中国人丢脸？于是，义无反顾地说不用麻药，医生见怪不怪，也没看出眼神中流露出仰慕，或者是惊奇，但肯定不会是鄙视。拔手指甲很简单，就是用钳子硬拽。外科医生双膀一较力，“啊”，又是一声哀号，我是真没忍住，本想咬碎钢牙，不发一声。但是我们那个年代的人都是四环素牙，质量一般，使劲儿咬，就真碎了。

“哀号”之后，结果指甲没拔下来，看大夫身板很壮啊，没吃饭啊。不给老子来个痛快的，我要骂娘了。中文他也听不懂……还没来得及骂，大夫一发力又拔了一下，“啊”，还是哀号，还没拔下来。

这不是逗我玩吗，不知道我没打麻药啊。正想着，第三轮开始了，这回大夫铆足了劲儿，我也是痛得牙关紧咬，我没哀号，手指是有知觉的，但疼得也有些麻木了，感觉到了手指甲一点点地离开了生它养它的地方。关云长刮骨疗毒也不过如此。其实，我疼得都哆嗦了，关云长当时应该也哆嗦了。医疗的费用大约相当于几千人民币，挺贵，还好有保险。

回来的路上，我一直隆重地竖着我左手的中指。这样不礼貌的动作陪伴我度过了最后的几天，一直到后来漂浮在死海中我依然竖着中指，而且举得更高，上边又添加了一层保鲜膜。假如让海水泡一下，那个疼痛，将还是一声“哀号”。

如今，我的左手中指新指甲早已长出来了，只是留了一个疤，原来浑圆的手指肚，现在像个屁股似的分成两半，以至于好长时间，我不习惯用屁股一样的手指打字。

5

耶路撒冷的两个奇人

这里的房客，是耶路撒冷的一个缩影。

完成我在加利利的雕塑，用了不到二十天的时间。在出发之前，我就已经留出了两三天的时间给耶路撒冷。

这是我第二次到耶路撒冷，在此之前的一个周末，“石在加利利”组委会组织我们来过一次，名胜古迹只草草地走了一遍。

在耶路撒冷，我住的旅馆距离耶路撒冷古城不远，那一天是犹太教的安息日，太阳明晃晃的，路上静悄悄的。大晌午头，路上没有一辆公共汽车，近似于一个空城。从旅馆古老的木门向外望出去，很久才能看到一个或一群身着中世纪传统服装的正统犹太教徒。推开木门，眼前更亮了，太阳很足，街道中间的电车轨道晃成两条白线。几乎所有的商店都关门了，根本没人在乎我这样的来旅游、购物的“老外”。原本找好了路线，有一条

• 耶路撒冷的安息日

从耶路撒冷到红海的长途车经过死海，死海是我的一个重要的目的地。因为公交车放假，计划也泡汤了，一个人无聊盘腿坐在大马路中间，等待下一个过来的“老外”给我照相。

晚上回到旅馆，我选择的是可以混住的房间。这就是传说中的青年旅馆，省钱自然是青年旅馆最大的魅力，结朋识友，互联网络，以英语为主也会为你的旅程提供很多的帮助。

青年旅馆是穷驴友的天堂，我已经不是第一次住了，喜欢和这样的驴友在一起，他们穷的是口袋，富的是脑袋。记得第一次住青年旅馆的时候，是旅游旺季，房屋紧缺，在得到没有单间的答复之后，我略有失望，那时候，我还不习惯和不认识的人同居一室。但夜色已晚，也只能将就了。店老板问我，我的室友是女的，介意吗？我惊呆了，忙问：“她介意吗？”没想到这是“驴界”的规矩，四海皆兄弟，五湖皆姊妹。有一次我的室友是一对瑞士的男女朋友，一个是医疗工作者，做假肢的，一个是教音乐的老师。在之后的青年旅馆里，我还碰到公司的白领，甚至海军陆战队的退伍军人。这一次遇到的，更有传奇色彩，他 50 多岁，是一个避难者。据他说，他是在枪林弹雨下逃到耶路撒冷的，就一直住在这个小旅馆，昼伏夜出。见面的时候，他才刚刚起来，而我已经完成了从加利利到特拉维夫到耶路撒冷的旅途。奇人一号很热情地和我讲他的故事。我听得是一知半解，他就带我在耶路撒冷的城里逛，讲解每个建筑的来龙去脉。这样的经历我以前也有过一次，热心的“导游”，在讲解之后礼貌地索要小费。这一次，我也做好了给小费的准备，这可能是他主要的收入吧。

果不然，他向我提出了一个要求，不过出乎意料的是，他索要的不是钱财，而是要求我在他的小摄像机前唱一首歌，或者跳一段舞，并把视频传到了一个网站。在那个网站，他是一个比较有影响的人物，有不少的粉丝。整个晚上，他都在网上忙忙碌碌，我早晨起床的时候，他下班了。我们在楼梯上相遇，他趿拉着一双劣质的拖鞋，胡子拉碴，眼里布满血丝，一脸疲惫，但掩饰不住兴奋。拖鞋摩擦着地板，一楼到二楼，左拐直行……他做什么，为何来这里，家人怎样，对我来说是一个谜。

在耶路撒冷的第二天，我遇到一个来自中国的小姑娘，她和她的男朋友兵分两路，分别是骑车和坐车，时分时合，从东南亚到南亚再到中东，从死海的另一端到了耶路撒冷，老乡见老乡，两眼泪汪汪。她邀请我去了他们的住处。

耶路撒冷分犹太区和阿拉伯区，泾渭分明，她住在阿拉伯区，这是一栋四五层的楼房，很多房间甚至没有窗户，楼房的顶层还露着钢筋。房子的主人，是个戴头巾的阿拉伯人，给我的印象很像是阿拉法特，戴着一个厚厚的眼镜。最初碰到他的时候，他在耶路撒冷老城的外面发呆，问他“干啥呢”，回答“看人”。这个不起眼的阿拉伯老头就是奇人二号。他是一个致力于宗教融合的人，几乎把毕生的精力都用在这上面了。

原本他是个有钱人，他的这个破旧楼房的十几个房间，面向全世界的人都是免费的，早些时候，吃饭也是免费，有点孟尝君的意思，天下朋友皆交情。这段时候，经济困难，房客们要适当买点柴米油盐，大家一起搭伙，对我这是一个免费的晚餐，晚餐相当于大杂烩，看起来很丑，吃起来还行。老人家里的墙上，挂着很多合影照片。有和阿拉法特的，有和亚辛的，都是国际政坛的风云人物。

晚上房客陆续回来了，真的是朋友来自五湖四海，有驴友，有避难者，有朝圣者，还有不知什么原因，本身就是耶路撒冷的居民，也天天住在这里。信基督教的，信犹太教的，信伊斯兰教的，信佛教的，还有信马列主义的，这些房客也正是耶路撒冷的一个缩影。在这里，宗教民族关系异常敏感，又异常融合。

• 阿拉伯“孟尝君”家里

6

雪山之巅

雪山从未被征服，她只是向你敞开了怀抱。

说是雪山之巅，其实也就一半多，海拔 5200 米的珠峰大本营。

国内一个著名的户外品牌，准备五一期间搞一个题为“雪山保护计划”的环保活动，请上山的人五花八门，各路豪杰，但是，前提是你上了高原得没事。虽说上山的来自各行各业，但是大多都是户外人士，我因为《我的长征》团队获得过国内户外的最高奖，也算圈里人了。

我来这里，任务有两个：一是录一期我们自己的《奋斗》，因为条件恶劣，我一个人就把导演和主持人全担着了；另一个，在珠峰大本营做一个装置雕塑。

在拉萨机场，主办者的兄弟单位，西藏登山学校已经等着我们了，一个看起来很平常的

• 走在雪山之巅

藏族少女，身穿传统服装给我们献上了哈达，我们被迎到西藏登山学校参观。几个年轻的藏族小伙子又是帮我们搬行李，又是帮我们倒酥油茶。浓浓酥油味、刺眼的阳光，淳朴的笑容一如既往，那么的亲切。

在登山学校里，我碰到一位高山向导，他说刚下了一座 7000 多米的山，马上要带一个香港队伍登一座 6000 多米的山，看他那个轻松劲儿，好像是说，我刚从石家庄出差回来，明天还要去天津。要知道，这两座山无论哪座都可能是热爱登山的人的一辈子的梦想。对这个人顿生仰慕之情，没想到主办者说：他这还不是最牛的，你问问他们几个。说着一指刚才那几个帮我们搬行李的小伙子，说，他们都登过珠峰。这几个小伙子汉话不好，笑容腼腆，也就是个大男孩。说到登珠峰，其中两个小伙子向我们伸出了两只手，分别收起三根和两根手指。知道什么意思吗？

这两个人分别登顶了七次和八次珠峰。仔细看看这两个小伙子，是刚才帮着搬行李那个吗？我还以为是杂工呢？没错，就是他们。也就是说，他们已经多次登顶珠峰。厉害吧！再说刚才那个给我们献哈达的瘦高瘦高的女孩，她就是 2008 年珠峰取火的最后一棒的火炬手，19 岁就登顶珠峰，是登顶珠峰中年龄最小的运动员。平时需要仰视的登山英雄就平平常常地待在你的身边，给我们献哈达，帮我们倒酥油茶。有他们在身边的珠峰之行，定能稳操胜券。

从拉萨开始，我们这支杂牌军就不断地减员。还没出拉萨，就躺倒了几个。还好有几个在进山之前恢复过来，有的就直接买机票回家了。在定日县又倒下了几个，珠峰大本营没有治疗条件，谁敢把病号往山上带。

最后一天，身体健康的人马，分乘两辆车就进山了，哪知道好事多磨，一辆汽车抛锚，把我们扔在一个小村子里喝酥油茶。主办者好容易找到了一辆卡车，把我们塞在后车厢里就上山了，这时候才知道好车和差车的区别。崎岖的山路，屁股颠成了八瓣，都成橘子了。还好，我们苦中作乐，带着上山下乡的崇高理想，驶向珠峰大本营。大本营条件就不用说了，男女分开住在两个帐篷里，在 5200 米的海拔睡觉还是第一次，高原反应还是有的，躺在那里迷迷糊糊，听见一会儿这个缺氧了，一会儿那个又不行了，人来人往的。我既然帮不上忙，也就别添乱了，尽量让自己睡着。终于好容易睡了一会儿，第二天早早地就爬起来了，这时，登山的那批人都没起来，有经验的人告诉我，太阳出来之前，这里太冷，还是睡袋里暖和，等太阳出来，就都“出洞”了。我们在山上就待一天，登山学校的人答应我，提供助手帮我完成装置作品，这哪还有时间了。

关于装置作品的方案，我从北京到珠峰是一减再减。条件实在恶劣，人力、物力都跟不上来。阳光终于跨过珠峰，照在了我们的帐篷上，人们也开始活动起来了，早起的人有的又有高原反应了，需要氧气支持，可是昨天一晚上的折腾，氧气全部用尽了，将高反的人赶快送下山，又是一顿忙乱，也没人帮我装置雕塑了。

现在我也明白了，面对生命和安全，艺术算个屁。那就让我当一个屁把它放了吧。我一个人不焦躁、不气馁，用简单的材料完成有可能是世界上海拔最高的装置作品《雪山的云》，我把很多的各种颜色的登山用品悬挂起来，寓意所有这些都是雪山的过客，雪山从未被征服，她只是向你敞开了怀抱。

做完雕塑，我居然头脑清醒地完成谈话的录制，而且据说还有点小幽默。采访的对象桑珠是向导们的老大，无论哪国的、什么级别的登山家，如果想从北坡登珠峰，全是他说了算，气候、路线、补给、向导、救援，一手掌握。牛人中的牛人。

…………

从死海归来的我，从世界最低的陆地，到最高的山峰珠峰，虽然是大本营，但也完成了近 6000 米海拔的攀升，希望能带来六六大顺的好运。

7

诺曼底的力量

这又是一个混搭的创作营，一半绘画，一半雕塑，雕塑是清一色的大理石。

在法国的地图上找不到诺曼底，从巴黎坐火车要到一个叫作“沙龙”的小站下车。看不到海，也不知道当年美国兵是从哪里登陆的。

这又是一个混搭的创作营，一半绘画，一半雕塑，雕塑是清一色的大理石。来之前，我就不断地给组委会发邮件，问我的哪一个方案入选了，对方迟迟也不回答。我很纳闷，怎么也不着急呢，得准备材料啊。去了才知道，大理石早就准备好了，我不知道其他艺术家是不是提前沟通过，反正给我的印象是，随便给你一块石头，你随便做。就这么随便。组委会的主席，自始至终也没问你要做啥，也不关心你的进度。可能他有更重要的事情去做，果不其然，有一天，他郑重其事地告诉我，晚饭他要亲自下厨，给我们做一道正宗的西班牙料理，主席是西班牙人，

• 诺曼底的力量

在法国混的。在法国，也是民以食为天。记得，以前认识的一位法国雕塑家非常不好意思地说，我们法国人啊，和你们中国人一样，就认吃。

说到吃，法式大餐还是很讲究的，天天酒水也不断，从早喝到晚，除了啤酒，其他的酒根本分不出区别。大多数人小脸一直都是红扑扑的，我也不例外。

组委会把喝酒的吧台安排在工作现场，不知道是方便我们喝完酒赶快去干活，还是干完活赶快去喝酒。工作现场的帐篷被喷成五颜六色的，每个帐篷前有个牌子，国旗、姓名，还有一个不知道啥的名字。后来一问，才知道玄机，原来写的是赞助商。每个雕塑的背后都有一个赞助商，雕塑完成后，就摆放在赞助商指定的地方，一般都是赞助商公司的门口。我的赞助商是个修路的，时不时来看看我。

我还知道另外一个赞助商，是经销酒的，怪不得酒管够，他赞助的是中国另外一个雕塑家赵莉。这个酒商是太喜欢艺术了，天天和我们一块混，也不去做生意，每天早上可以看到他把一小车酒推到餐厅，有的时候，打下手的是他十几岁的儿子，看不出是大老板的样子。听说，选择我们作品的不是组委会，是这些赞助商，感谢我那位修路的赞助商，真的是独具慧眼，给一个中国雕塑家向法兰西人民服务的机会，在中国，我们都是人民的艺术家，这个人民也不能单单是中国人民啊。我很赞赏这个不错的创作营的运营模式，有点像我们的全民健身，在法国，我就称作是“全民艺术”，一个很小的老板，也就相当于之前我们动物园做服装批发的小老板，也是雕塑创作营的一块基石。在这里，人民群众离艺术很近。

法国的创作营只有十天，我在完成了一个将近两立方米的雕塑之余（不知为何，随意分给我的石块是最大的，我的赞助商很开心，我很辛苦），还完成了一件小的架上石雕，这个小东西花费了我两个多小时，其他的雕塑家也都做了一个小的架上雕塑。在闭幕晚宴上，我们的小雕塑拿出来拍卖。我的居然拍了1000 欧元，是当晚拍的第二高，我赶快找到那个“伯乐”，和他合影，这哥们儿戴个眼镜，眼神不好吧。

一个法国画家为我画的肖像，拍了 500 欧元。连同绘画带雕塑，大约四五十件作品，拍了估计有两三万欧元，作为基金来支持主办这个活动的艺术中心。拍卖活动一直持续到凌晨一点，这是我在诺曼底的最后一夜，几乎一夜无眠，而我的雕塑叫《诺曼底的力量》。

8

时尚巴黎的另一面

有太阳的地方就有阴影，
偌大的巴黎有点小毛病还是可以理解的。

转道去诺曼底，巴黎是我不得不经过的地方，也是我非常希望去的地方。这里不仅仅是时尚之都，而且是艺术之都，对巴黎的赞美多如牛毛，这里就不多言了。

在巴黎停留的时间，因为飞机的原因，从原定的一天一夜，改为了一天。到巴黎已经是早晨了，对我来说，去巴黎的第一件事情，就是去旅馆，原本旅馆对我已经没有意义了，我怎么可能把在巴黎的宝贵一天，交待在一家旅馆那儿。但因为旅馆是用一个朋友的信用卡预订的，如果我不出现，既失信于国内的朋友，又失信于国外的旅馆。对于没有信誉的朋友和没有信用的中国人谁会喜欢，有关于人格、国格，不是个小事情。

旅馆离地铁站不远，前台更像一个酒吧，环境还是不错的，大清早是这里的不忙碌的时段，柜台里的哥们儿昏昏欲睡的样子，我费了好多口舌，和他解释有关人格、国格的问题，结果他还是想带我去房间睡觉。不知道是不是因为收了钱，没有给我提供服务有些内疚。

最后讨价还价的结果就是吃了一顿免费的早餐，纯正的法棍面包，并且帮我寄存了行李，提供了一张巴黎地图。手捧巴黎地图，小衣襟短打扮，开始了我的巴黎一日游。

对于任何一个城市都是，扫一眼一天就够了，无非几个标志建筑；转一转，十天就够了，无非再加其他几个非标志建筑；品一品，三十天就够了，转转博物馆，逛逛菜市场，和法国朋友胡乱混混。想真的体会这个城市，没有十年八年是不行的，你要在这里生活、工作、孩子上学、老人住院、买房子、混圈子，这么一说，快一辈子了。

对于我来说，巴黎很简单，埃菲尔铁塔、卢浮宫、巴黎圣母院，小学生级别就够了。虽然是一天时间，但我看到的还是超乎了我的期望。我的路线是从埃菲尔铁塔沿塞纳河直奔巴黎圣母院。工具：腿。

埃菲尔铁塔好啊，照相、合影，没同伙在一起，就找路人拍照，对于我这个对构图要求比较高的求助者来说，路人甲乙丙丁的照相水准都不够，很难体现巴黎的艺术水平。我不得不给路人先拍一张照片，然后让他模仿我的构图，重新拍，你也别笑话，这不是我第一次到巴黎嘛。

塞纳河好啊，照相、合影。
卢浮宫好啊，照相、合影。
…………

塞纳河边行走的游客并不多，但经常看到载着着急照相的游客的旅游大巴车从身边经过。近些年，到国外旅游的国人多了起来，他们不仅仅着急照相，还急着购物，奢侈品店门口排队的中国人，比博物馆排队的多，知道路易威登的，比知道卢浮宫的人多。

后来，我才听说，路易威登门口，常年有很多中国奢侈品采购商（消费得太多，用消费者的称呼好像不合适），会和路人协商，愿意付 50~100 欧元求其代购，因为中国人采购得太多，店家要求每个护照仅能采购一个奢侈品。

巴黎我还是要去的，下次去我要花 10 欧坐车到城里，再花 2 欧，坐车到路易威登，挣他 50 欧，我再回机场，里外里我的利润超过 50%，可以赚到 26 欧元。

• “鸟球”

回来捐给希望小学，用别人买奢侈品的钱，回报社会，也是社会公平的体现。

离开香榭丽舍大街，再回到美丽的塞纳河边。绿树成荫，偶有跑步的和骑自行车的人经过，看看天空，没有雾霾，适合户外运动。我正算计着 PM 值的时候，被一个大汉叫住了，问我，是不是掉了东西，我摸索全身，护照、相机、现金都在，顺着他手指的方向一看，地上一个金灿灿的东西。关于金银首饰我一概不带，避免让劫匪产生贪念，让人起贪念也是过错。

大汉高大威猛，不像法兰西人，用手拿起地上金灿灿的东西，是一枚戒指。看来克数还不低。他尝试往他手指头上戴，粗大的手指像棒槌似的，全无可能。他让我伸出手，别说，真合适。他马上开始讲他们国家的风俗，说如果捡到的东西正合适自己的话，就是有非常好的运气，你说，谁会拒绝好运气呀？

再下一句，他要求分享一下我的好运气，能不能给他 10 欧元，就别提钱，这一提钱，骗局就揭穿了，我赶紧退还他的好运气，他继续降价，“这样，你给我买一个可乐，7 欧元就够了”，我继续退还好运气。他不知道我是个穷鬼，你去路易威登门口骗去吧，有钱人在那里。行骗不成，大汉悻悻地走了，我倒是有些后悔了，不如讲价还价，把那个“金”戒指买了，回去也算是塞纳河边的一个纪念了。那东西在中国也就几块钱，贵就贵点吧，法国物价这么高。再喊回来是不可能了，我偷偷地拍了一张背影，留个纪念吧。

无独有偶，没走多远，我又碰到了另一个戒指，我赶紧躲开。再一再二不再三，当第三次碰到戒指的时候，受骗对象不是我了，是一对欧洲父女，我凑上前，看了看，戒指略大一点，塞纳河边的骗子们不仅定做了亚洲戒指，还定做了欧洲戒指，他们并没有种族歧视，把黑手仅仅伸向带有采购商性质的中国人。看着他们几个人轮番拨弄着手指头看哪个合适戒指，我忙上前打听去巴黎圣母院的路，估计这是团伙作案，我可不敢直接揭发，我这一掺和，他们的生意没做成。

躲过了一群骗子，又迎来了其他的麻烦，依旧是塞纳河，依旧是绿树成荫。前面几个半大孩子，缠住我要我填一个什么表，大概的意思可能说是个什么慈善活动，我的英语水平哪能填表，把我自己卖了我都不知道，拒绝是理所当然的，拒绝了一群，又拒绝了一群。又是再一再二不能再三，第三群，居然不依不饶，一直尾随我，我快他们也快，我慢他们也慢，我横穿马路，他们也横穿马路。我以为外国不能横穿马路，本来想利用他们素质高的弱点。还好，附近的

• 穿得这么好，能要到饭吗？
• 被遗弃的法棍

警察叔叔看到了，那群孩子被喝退。我发现自己都出汗了，累得。

前方不远就是巴黎圣母院了，门前的广场热闹非凡。有一个鸟人吸引了我的注意力，他把一些面包屑放在手里，附近的鸟就飞过来争抢，远看就像他手里托着两个“鸟球”，玩得兴起，他把面包放在嘴上，就引来鸟和他亲吻，鸟也不停下来，叨一口嘴上的面包就飞走，你来我往，我终于溯到了法式飞吻的源头，而且还是连环飞吻。

巴黎圣母院，照相、合影。然后去巴士底狱，历史书上有的，看看总是没错的。路边的人少了些，其间还路过一个中国的什么什么会馆。乞丐也是有的，着装干净一些，相当于“丐帮”的净衣派弟子，没有国内乞丐千疮百孔、五颜六色的职业装。路过垃圾桶的时候，瞄了一眼，看到一个法式面包的一角露在塑料袋外，浪费也是有的。

巴黎是欧洲仅有的四大人口千万的城市之一，另外三个分别为伦敦、莫斯科、伊斯坦布尔。后两个都是很边缘的欧洲城市，林子大了啥鸟都有，偌大的巴黎有点小毛病还是可以理解的。有太阳的地方就有阴影。这毕竟是巴黎的另一面。

9 盛宴

创作营结束的那个晚上，在一个超过千平方米的大厅里，我们体验了一次法国大餐。

在创作营的道路上，无论你愿意不愿意，美食都是不可避免的话题。如果说中国菜系分川、粤、鲁、湘，那世界菜系也有中、法、俄、印的区别了。中国和法国有很多一样的地方，首先“汉奸”和“法奸”在历史上都抹上过浓墨重彩的一笔，这都是过去式了，不揭短了。如今，最相似的就是吃了，说到吃，在雕塑创作营的餐桌上，中餐、法餐获评最多。吃在这两个民族，已超越了生理范畴，被提高到了文化高度。

如今国泰民安，美食在我国大行其道，还有个《舌尖上的中国》风靡华人世界；至于“吃法餐、坐游艇”是很多人心目中高品质生活的写照，喜欢吃的人，叫作美食家，或者吃货。

我味蕾不发达，对美食鉴赏力很弱，因此，

关于美食、美酒、好烟、好茶，我都会拒绝，怕的是辜负了人家的一片好意。但无论你是否品尝得出来，法餐它都在那里，贼贵，贼贵。

在创作营结束的那个夜晚，我们体验了一次法国大餐。说大，主要是指规模。宴会就设在我们工作的那个艺术中心的大厅，这是一个超过千平方米的大厅。那一天，聚集了很多穿着白大褂，顶着高低不同的白帽子的大厨、二厨们。法餐我们已经吃了好些天了，只是知道花样翻新，食材广泛。现在回忆起来，却记不住几道菜，不过有一道菜倒是记忆犹新，蒸苹果，好端端的苹果，被蒸得瘫软在盘子里，可怜兮兮的样子。

我们艺术家的桌子在大厅的正中间，紧挨着一个刚刚搭起来的舞台，舞台上一个很欧范儿的乐队。整个场面看起来热腾腾的，雕塑艺术家也心情大好，工作完成了，是该狂欢的时候了，纷纷着了盛装：欧洲女人戴着在《简·爱》中看到过的带着面纱的蕾丝帽子；一个波斯女孩则在鬓角插了一朵大红花，让我想起了“戴花不采花，采花不戴花”的“一枝花——蔡庆”——《水浒传》里戏份不多的一个刽子手。像我这种工作就是生活，生活就是工作的人，根本没有准备盛宴的正装，挑了几件干净的衣服，这就是我唯一能做到的了。对盛宴重视的方式不同，心情是一样的。

各色宾客邀请来很多，原来在这个静悄悄的小城市还住着这么多人。

俗话说：酒无好酒，宴无好宴。宴席开始之后，才知道这是一个鸿门宴，饭不是白吃的，席间是一个拍卖会。我们这些艺术家的一些小件作品，将在席间拍卖，看来，饭是吃不消停了。拍品很多，价钱不贵。

宴会厅有几个大屏幕，大屏幕每展示一件艺术品，作者都会站起来和大家示意，有的活跃一点的，会跳到桌子上，舞上一段。然后，工作人员把作品捧着，环场一周，大家就开始举牌竞价了。这个拍卖现场更像是慈善晚宴的样子。

涉及我的艺术品，一个是我做的雕塑，一个是我的肖像画，作者是个法国艺术家。法国这些“资本家”在我身上一共“榨取”了1500欧元。这些钱最后都留在了这个艺术中心，用来支持艺术建设，应该也算是“公益”项目了。我的雕塑拍了场上的第二高价，1000欧元，这个价格一点也不算高，但是和我仅仅花了一两个小时的工夫的性价比来讲，还是个不错的价钱。这个拍卖会和国内那种动不动几千万标的的拍卖会比起来，算是小巫见大巫。两者甚至有质的区别，一个是玩的是资本，一个玩的是艺术。对于法国人来讲，用合理的价钱购买一些艺术品是生活的一部分，也是家庭布局的一部分。

• 拍卖会的现场

拍品很多，大家兴致也很高。这是创作营的最后一夜，注定是狂欢的，艺术家分年龄段纷纷离去，有的是因为心脏受不了，有的是因为胃受不了。我们这种“70 后”的艺术家离场时大约是五点了。剩下几个“80 后”的艺术家还在劲歌劲舞。年轻就是资本啊，太阳会为你们率先升起。

• 拍了 500 欧元的我的肖像画

10 罗尔丹的力量

创作营所在地是城市花园，所以来参观的人很多，有很多志愿者也在协助我们。

从北京垂直挖一个洞，穿过地壳、地幔、地核，出来就是阿根廷了。换一个旅行方式就是要在空中累计飞行 26 小时。从走出家门到进入创作营，我在飞机、机场、机场大巴上待了 48 小时，都说要倒时差，48 小时的黑白颠倒，早都乱了。去的时候追着太阳，飞了一个漫长的黑夜和漫长的白天，

48 小时，从秋天飞到了春天，白天变成了黑夜。阿根廷的雕塑创作营是在距离布宜诺斯艾利斯车程 4 小时的地方，很小的城市，叫罗尔丹。

这个城市相当于中国的一个镇子，而且还是偏远地区的，我的印象里这里都没有高楼。这儿的超市像农村的信用社，老板还是中国人，这充分体现了有人的地方就有中国人。创作营的艺术家以欧美国家为主，而且以南欧拉丁语系的为主，就我一张亚洲脸，人数十个，属于典

型的传统规模。

按照惯例，创作营要升起十个国家的国旗，有些国家的国旗太容易混淆了，就那么几种颜色，横着是一个国家，竖着是另一个国家，颠倒一下又是一个国家，德国的国旗就给挂反了。好在中国国旗的特点鲜明，没有弄错。不过在一次小型的会议上，还是出了笑话，可能是在市场上买不到小的国旗，在一个小的架上雕塑的展台上，都是心灵手巧的阿根廷人自制的小国旗，类似于阿根廷的、巴西的这样的中间有个小图案的国旗，中间的图案就省了。我们的国旗笑话就大了，首先他们把五星红旗的其他四个小星星先省了，然后为了图案协调，把唯一剩下的那个星星摆在了中间，不识数的他们还多加了一个角，变成了六角星，还好，颜色还是忠实原来的黄和红，远远一看是那么一个意思。那么老远的国家能记住咱们也不容易了。

创作营所在地是城市花园，所以来参观的人很多，有很多志愿者也在协助我们。

有一个看起来年龄比我大一点的中年男子经常骑一辆自行车，来看我们，他一般穿着一条牛仔裤，休闲的布衫领口敞开着，他好像与组织者很熟悉，经常勾肩搭背地聊着天。后来才知道，他就是这个城市的市长，那派头在我们这儿连

• 看看阿根廷人心目中的中国国旗

一个村主任都不如，下了班也没什么宴请，就到创作营来遛弯，在法国的时候也是，那个市长没事就到我们这儿遛狗，小狗也不出名，也不好看。

不过，我可是不敢小瞧他们，正是因为罗尔丹市长给阿根廷驻中国大使馆的公使的一个电话，才让我那个办了一个多月，花了好几千块钱也没办下来的签证问题迎刃而解，而且好像还是一个特批的签证，签证上都是手写的，一个地方可能是不小心，还被水浸湿了一块。进阿根廷海关之前，我都一直担心，这能好使吗？事实证明，这个看起来像村主任的市长好使。

南美的签证以前还是很好办理的，但听说有一段时间很多聪明的中国人通过南美，转道美国，圆他们的美国梦，自此南美那些和我们生活水平差不多的国家，在签证上加了好多道手续。巴西和阿根廷的签证耗费了我两个多月的时间，比参加创作营的时间都长。

在阿根廷的时间很短，前后也就是十天，不过我们的雕塑体量并不大，时间倒还是充裕。阿根廷的最后几天一直下雨，在我们最后一天，日落的最后一刻，露出了太阳，还抹上两道彩虹，小城罗尔丹在短短的 20 分钟，给了我们不同的美丽，我给阿根廷留下雕塑《罗尔丹的力量》，这是阿根廷的颜色。

• 《罗尔丹的力量》　• 夜色中的罗尔丹

11

动物园的故事

为了安全考虑，创作营加设了围栏，加上每天无数人来参观，像极了动物园。

雕塑创作营作为现场创作，多少有一些作秀的成分，有的时候人家会问，你们是学什么专业的，我们会开玩笑说，是雕塑表演专业。在我们工作场地，工棚一字排开，加设了围栏，是为了安全考虑，工作场地会乱石横飞。因为设了围栏像极了动物园，是那种食草类动物的饲养场所。更像动物园的是，每天工作人员会定时把食物投递过来，还有无数的人来这里参观。

先说说，我们这个创作营定时投放的食物吧。我正工作的时候，听到有人远远地喊我的名字，停下工具一抬头，一道黄光迎面打来，抬手一抓，一个香蕉，如果是红光一闪，就是苹果，看创作营的上空漫天飞舞的水果，想起了手机里的切西瓜游戏。我们常开玩笑说，在这里大概一天要吃七顿饭。早餐之后，我们就开始圈养式的工作。大约十点，是第一次食物投放时间，远远地看到两个身材魁梧的阿

• 傍晚的“动物园”

根廷妇女捧着两个大纸箱子，一个箱子里是甜点，另一个箱子有咖啡、牛奶，还有一次性杯子，这个间食的时间，也是我们休息的时间。第二次投放时间大约一个半小时后，一些冷餐。一点午餐，一小时后水果，就那个漫天飞舞水果的时刻，然后是另外一种冷餐，最后是晚餐。没来得及有饿的感觉，就又吃上了。天天吃得我们沟满壕平，难怪协助我们的一些工作人员体型都那么庞大。

再说说来参观我们的游客吧。短短十天的雕塑创作，每天都有数以百计的孩子来参观，这样的小城市一定没有动物园吧。参观是有组织的，而且现场有一批年龄在十七八的志愿者进行讲解，这些志愿者类似我们职高的学生，女学生居多，我问过她们，她们马上就毕业上大学了。

看得出来，她们事先都经过一段时间的培训，对我们的“前世今生”都颇为了解。对我们作品所表达的内涵也比较清楚，这样也好，就不用我们过多分心去给孩子们讲解了。我大概估算了一下，几乎这个城市所有的孩子都来过我们这里参观。对于一些年龄大一点孩子，还有机会亲手试一下，当然大切割机太危险了，组委会很用心地准备了一些小的木块和木凿，当地一个年轻的艺术家作为他们的指导教师。有孩子的创作营，真的是很开心的，隔着围栏的参观方式，也是对孩子安全的一个考虑，很幸福做这样的动物园的动物，孩子的笑声是最无邪的，阳光无限。

• 来给我们送餐的阿根廷妇女

• 箱中的食物

空闲的时候，就和孩子们玩一会儿。虽然语言不通，但也可以勉强交流，不过也闹出了不少笑话，一次几个孩子和我玩得很嗨，就问我有没有孩子，开始不懂，他们又是 baba，又是 baby 的，这两个词全世界的语言都差不多，一来二去，弄明白了，说有啊，然后用手比画有多高了，随后他们又问了一个问题，我想当然地就认为他们应该问，你的小孩多大了，我就用手比画 11 岁了，马上孩子们都瞪大了眼睛吃惊地看着我，有什么不对的吗？我也不算早婚早育啊。

这时过来一个志愿者解释一下才明白，他们是问我有几个小孩。也难怪眼睛瞪得像铜铃，11 个孩子是夸张了一点。因为中国的国情不同，在中国很少有人问你有几个孩子。孩子们还喜欢问的一个问题是，家里养狗吗？几只狗？还好这个问题没有和养孩子混在一起，学狗叫，和学孩子的啼哭，还是有明显区别的。参观的孩子多了，不知道哪个孩子发现，中国字很好玩，然后就不断有孩子拿着我们锯掉的小石块，让我写他们的中文名字，几乎所有的男孩名字后面都是什么奥，这是拉丁语尾音的特点吧。

在东欧，男孩的名字就是一堆“懦夫”再加一些“司机”，女孩就全是这个娃那个娃的，都是波波娃。写完他们的名字，还要写自己的名字，孩子们乐此不疲，我终于体会到了签名签到手软的感觉。再后来到一个马场去做客，主人高兴地告诉我，他家儿子拥有一个我写着中文的小石块。

• 和孩子们在一起

12 不断的石头

巴西南北东西跨度都比较大，地大物博，石材的种类很丰富。

巴西是一个充满热力的国度，当北京下雪时，这里却是春暖花开，夏意渐浓。这座班图小城（到现在我都记不住班图的全名，和别人说起的时候，总说是一座离阿雷格里港不远的一个小城）在巴西的南部，要知道巴西的南部是亚热带，比北部要凉爽。附近的大城市是阿雷格里港，据说是巴西烤肉的发源地。

国内那些迷恋巴西烤肉的人，到这里会找到朝圣的感觉，当地很多人家里居然有专门烤肉的屋子，我们也有机会品尝到了最正宗的巴西烤肉。

这次阿根廷和巴西的创作营的组织方式很特别，组织者是一个人，雕塑家也是同一群人。因为美洲远离欧亚非文明发源地，没有地缘优势，亚欧大陆的艺术家来一次很不方便，对于组织工作就有些麻烦，两国合办可以减少成本，这也让我的南美之行收获更丰。从罗尔丹到班图，算上转车也就用了半天的时间，到巴西就是那么的容易。从雕塑意义上讲，巴西的救世基督像可以和自由女神齐名，是国家的象征。班图这座山城，我并没看到太显著的雕塑。巴西这块土地，对中国雕塑家来讲还是处女地。

创作的环境在一个还没有启用的厂区，周围有高高的铁丝网围成的高墙，组织者还细心地给我们准备了整齐的工作服。一天，我们几个艺术家身穿工作服在铁丝网前的一个合影，让我展开了很多联想，远到《肖申克的救赎》《越狱》，近到《监狱风云》。我们这些做雕塑的本就常年从事重体力劳动，满脸的尘灰，满手的老茧，胡子拉碴，很是形似；因为一直从事艺术活动，不受束缚很多年

• 不断的石头

了，常年四海为家，有那么点绿林好汉的意思，神也似。再加上统一的号服和铁丝网——我们也在上演一场“越狱”。

我们雕塑的石材是花岗岩，从石材的角度来说，巴西和中国比较像，地大物博，南北东西跨度都比较大，石材的种类很丰富。

不同于中国，这次创作营并没有出那种精美的图集，他们更看重影像的记载。以往的创作营只有一个摄影师对我们的活动跟踪记录。在巴西的摄制组，居然配备了灯光和音频设备，是个装备齐全的四人小组，标准纪录片摄制组的配置。

在闭幕的那一天，我们每个艺术家都得到了一个一分钟的关于自己的宣传片，这是一个宝贵的纪念。十个艺术家的合集则构成了整个雕塑营的宣传片。

- 工作照
- 我们的"越狱"
- 纯女子摄制团队

13

采石记

在开荒石上，欧美人体现了威猛霸道，东方人体现了聪明灵巧。

我们到巴西的第一天，在工作现场并没有发现组委会给我们准备的材料。说材料还在山里，需要自己去选。这种准备材料的方式最大限度地发挥了艺术家的自由度，可以让艺术家有很多新的灵感，同时也增加了很多不确定性。

这真是一个大胆的想法，漫山遍野的石头由你去挑，由你去选。当然也是有前提条件的，首先得通路吧，再就是我们选的石头要来自矿上，才会有采矿工人帮你从山上劈下来。

从城里到矿山还有好一段路要走，路上可以看到一种树，大伞的形状，有点像我们黄山的松树，南美风光跃然纸上。几个小时的路程，终于到了矿山。道路开始泥泞起来，大型机械工作的地方破败而又荒凉。我们到的时候，矿上已经准备好了很多的石料，你看

• 到矿山了

什么形状满意就挑什么，不满意的还有人帮着把大石块改小。说是大机械生产，在矿山，开采石料还是靠炸药为主，和当年我们修建川藏公路的时候也没什么区别。炸药肯定是先进多了，气动的钻探工具，在山体里打一个孔，注入炸药。就这样石头被炸开了，而且是很大块的石料，这非常有利于做雕塑。这种开山的场面，我也曾遥远地看过，不过不是在巴西。当时我们正在创作，一辆满是泥污的皮卡急匆匆赶来，一个同样是满身泥污的人急匆匆地和我们交代了几句后，皮卡扬起一溜灰尘，又急匆匆地离去。

这是一个紧急通知，对面的矿山要爆破了。不一会儿，警报长鸣，还带着美声唱法中那种颤音。眼看对面山上的原来像甲虫一样忙碌的车辆消失得无影无踪。都说中国人爱看热闹，外国人也愿意看，只是中国人人多，看热闹的人也多罢了。

我们远远地站着观望，那座矿山离我们直线距离有一两公里，并不是很危险的样子，但我们还是下意识地找了一些有树木的地方，真的碎石飞来也好有个藏身之处，面前偌大一个矿山，具体的爆破点，我们谁也不知道。然后，就是一声巨响，虽说早有准备，但还是吓了一跳，对面山上尘土冲天，没有火光，我们这里也没飞来碎石。灰尘未落，甲虫一样的货车又开始在盘山公路上穿行了。

• 这个工具

矿山的现场，就和我们眼前看到的一样，乱石成堆。再回到巴西的矿山，至于把大的石头劈成小石头，当地人的办法很简单，也很霸道。几立方米的石块，他们只要在石头上开一个细长的狭缝，在狭缝中插入一根十几厘米的钢棍。钢棍下面窄上面宽，诀窍就是，这个狭缝的宽度，钢棍恰好可以插入一半，而狭缝的深度还有一半的空间，然后工人抡起大铁锤敲击钢棍，随着钢棍一点一点地进入，当听到巨石的内部传来断裂的声音，你只要再轻轻地来一下，巨石就会破为两半。整个过程不过几分钟，真是让我们大开了眼界。在我国的惠安，我也见过熟练的老工人这样处理石头，惠安因为崇武古城和惠安女而出名，同时，它的石雕也非常出名，不仅盛产各种花岗岩，而且有历史悠久的石雕技艺，号称是石雕之乡。惠安已经举办了很多次的石雕创作营，这里的人对付石头也有他们特殊的方法。老工人钻的孔要比巴西的更多，且只用小铁锤，按照雕塑的要求，划线、开孔，这敲敲那打打，用这样的方法石头就已经可以呈现出雕塑大概的形状。在开荒石上，欧美人体现了威猛霸道，东方人体现了聪明灵巧。

在来巴西之前，我们就知道这里的材料是花岗岩了。在国外，花岗岩的雕塑营一直是雕塑家比较头疼的，如果用手动工具，一锤子下去，大米粒那么大的一块石粒在几颗火星伴随下崩了出来，在地上颠了几颠，来展示它的强硬。花岗

• 这个人

石确实强硬，就算用切割机的话，也要划出一长串的火星，如果是晚上倒是一番美丽景色。因为花岗岩颗粒的尖利，被机器抛起的颗粒会把裸露在外的皮肤割破，因为颗粒很小，当时会浑然不觉，到了晚上洗澡的时候，才会发现，也才感到痛。

花岗岩和大理石比起来，更像是男人和女人的区别。花岗岩坚硬、粗狂、火爆，宁折勿弯，而且越是坚硬的石头经过打磨，所展示出的光泽越高贵，钻石就是这种更硬的石头，所以有了江湖中“钻石王老五”一词，好男人一定是个经过打磨的坚硬的石头。

大理石比较起来就温和得多。地中海一圈大理石是出了名的，直接造就了古希腊和古罗马的大理石雕塑是世界雕塑史上最重要的一部分。就拿大理石的产地来讲，以意大利的卡拉拉最闻名，这里有像雪一样白的大理石，其纯洁的颜色和晶莹的质感备受艺术家热爱，也有古希腊、古罗马一脉相传的大理石技艺。很多其他国家的艺术家都要到那里朝圣，并且最后定居在那里。我有很多朋友在那里居住，分别来自塞尔维亚、日本、韩国、厄瓜多尔、保加利亚。在世界雕塑艺术创作营中，来自卡拉拉的艺术家是最主要的力量。

• 石头被劈开了

No.2

水

“水”系列作品都是以当地的母亲河或著名的水域命名。在作品的形式上，更多地利用了正负空间演绎的水和岸的变化，来营造唯美的视觉享受。这个系列延续了红绳子系列，是对东方“阴阳、刚柔、强弱”的探讨。

澳大利亚·格里菲斯《家乡的河》

埃及 · 阿斯旺《尼罗河》

Pacha

沙特阿拉伯 · 利雅得《海湾》

尼泊尔 · 巴格隆《博卡拉》

① 两个雕塑家

阿德莱德的国际主义精神：不同的肤色，不同的语言，所做的一切，为的是同一个目的。

澳洲是最后有我雕塑的地方，毕竟这里才有两个像样的国家。

3 月的澳洲已经入秋了，这次受邀到澳大利亚一次要完成两个雕塑。第一个雕塑在阿德莱德，算得上是前几位的大城市了。

这个创作营，存在有些年了，完成的作品分散在周边的乡镇，并且规划出了一条雕塑路线，看起来，像是新农村建设的一部分。

活动的组织者是一个六十开外，身材庞大的德国裔雕塑家。术业有专攻，他擅长做动物，据他说，他的脑袋里有 200 多个动物，信手拈来。一直以来，他都随身带着几把木雕刀，无论是聊天，还是什么空闲，他都会做一些动物的小木雕，或者是骨雕，像一个魔术师，说话期间，一个活灵活现的小动物就从他粗

• 创作中

• 阿德莱德的雕塑

大的手掌之间冒出来了。老人有艘船，他喜欢海钓，所以他动物雕塑的名单里还有大量的海洋动物。这是艺术来源于生活的一个典型的代表。

我们这次的营地是在山里，倒是应了那句话“山不在高，有仙则名”，我们来了之后，很多城里人也会慕名而来。组织者做了很充分的工作，在营地前方一个帐篷做成的游客中心里，有创作营和我们艺术家个人详细的资料。

工作的场地，有安全的围栏。我们在里面，他们在外面。来之前，我们就有过协议，工作时间必须出现在工作场地，配合当地群众和媒体采访也是工作的一部分。来现场参观的群众，每个人手中会拿一份资料，根据信息核对雕塑作品和艺术家。大多数时候，雕塑家都在创作，如果偶尔抬起头，把目光投向围观的群众，他们会很兴奋，如果再能聊几句，这趟来得就值了，于是就一阵“咔咔”的相机声。

当地人，对我们非常友好，会送来各种礼物，这也是创作营的常态。一次在瑞士阿尔卑斯山脚下的创作营，组委会在雕塑现场的一个移动商亭，挂上一个条幅，大概的意思是“这群艺术家，不远千山万水，来到我们这里，建设我们美好的家园，我们应该给他们家一样的温暖”，条幅是用德语写的。

HAVING COMPUTER PROBLEMS?
The Computer Garage
08 8568 5770

The Adelaide Hills Weekender
Herald
CONNECTING THE COMMUNITY ACROSS THE ADELAIDE HILLS

TANK CLEANING NOW AVAILABLE

IN HONOUR OF MOTHERS

Done and dusted
Last sculptures carved as ambitious art project enters final phase

Squatter races to pay rates prior to auction

Orientation Walk

• 澳大利亚《先驱报》头版头条的采访

• 图中的两人后来送我贺卡，我们是彼此美好的回忆

天哪，这不就是传说中的国际主义精神吗？这不就是雕塑圈的白求恩吗？然后，他们摆上写着我们名字的一个个盒子。路过的人会把钱投进去，请我们吃饭，请我们喝酒。这个国度认为艺术家是需要资助的，艺术家也是最值得尊重的。瑞士法郎上印的既不是总统，也不是女王，而是艺术家。10 块钱的是建筑师，20 块钱的是音乐家，50 块钱的是舞蹈家，百元大钞上就是著名的雕塑家贾科梅蒂。不过我们盒子里不太见得到雕塑家，还是音乐家和舞蹈家多一点。

西方人的热情，火辣里透着嬉闹。
东方人的热情，则是温暖中藏着细腻。

我在日本的一次创作营，在一个小城河边。大约两周的时间，给我们送礼物的络绎不绝，而且都是精心准备的礼物，当地市长夫人送我们的手帕，上面甚至有她亲手绣着的我的名字。每天下午三点钟，是我们下午茶时间，时间一到，就能听见节奏细密的木屐敲打小桥石板的声音。

这一定是隔壁的美少妇，传统和服把身材束得很柔美，日本的护肤品把面庞敷得也很精致。来到面前，给我们艺术家挨个鞠躬后，放下手里的小筐，从里面掏出一个小包，展开布包裹，里面是一个食盒，掀开食盒的盖子，日式小点心，

• 澳大利亚七台来直播我们的创作营

一个个规规矩矩地待在自己的格子里。

看着我们把点心吃完，少妇合上盒盖，包上布包，挎上小筐。节奏细密的木屐敲打小桥石板的声音渐行渐远……虽然没有油纸伞，也未到樱花季。这是军民鱼水情，是十送红军的场面吗？

夜晚则是另一番场面，每次晚餐的时间都会有一位西装革履的大叔或者老弟，怀抱着硕大的一瓶清酒，打开门，深鞠一躬。然后，甩掉皮鞋、松开领带。疯狂的一夜开始了。

回到阿德莱德，当地人的热情是粗犷的。很多志愿者会加入我们的队伍，做些力所能及的事情。有人义务给我们拍照片，有人帮我们打扫卫生。澳大利亚是一个移民国家，在那一天有几十个国家的雕塑家、志愿者，不同的肤色，不同的语言，所做的一切，为的是同一个目的。

• 给我们助兴的瑞士音乐家

2

勇闯袋鼠岛

『勇闯袋鼠岛』最大的安全问题，就是：不要撞到袋鼠。

袋鼠岛又叫作坎加鲁岛，这是网络多么不负责任的解释，因为坎加鲁（kangaroo）就是袋鼠。我在来澳大利亚之前，并不知道它是一个著名的旅游点。因为整个澳大利亚都是袋鼠，干吗要去袋鼠岛看袋鼠，难道这里的袋鼠有什么不同？还真是，这里有袋鼠岛袋鼠，独特的品种，餐厅也没有销售。

这次来澳大利亚，我在阿德莱德和格里菲斯各做一个雕塑，而两个活动之间正好有一周的间隔。于是袋鼠岛的旅行和墨尔本的一个讲座、悉尼的一个采访一起写进了我的行程。到袋鼠岛有专线的游轮，轮船会把人和自驾车一起运到岛上，袋鼠岛的面积很大，也没有公共交通，没有车是不行的。

在码头有个明显的禁入标志，兔子、狐狸和蜜蜂不能入内，很明显，这些动物会破坏这

• 袋鼠岛上的“岛主”

里的生态平衡。我想狮子、老虎也是不受欢迎的，只是它们目标太大，还没有偷渡这个能力。袋鼠岛上不仅仅有袋鼠、考拉、针鼹、巨蜥，还有海鸥、鹈鹕和海狮，陆海空三军的建制是全的。什么动物在哪一带出现，也有完整的攻略。

这里的袋鼠尤其多，开车行驶的时候，路边不断出现“袋鼠出没，请注意”的警示牌，即使这样，一路上还是看到很多遭遇车祸的袋鼠、基本上也没人处理的事故现场。肇事者下车把袋鼠拖到路边，然后就肇事逃逸了。于是遭遇车祸的袋鼠在路边，指向天空的大长腿警示司机师傅们：“喝酒勿驾车，驾车勿喝酒。”“勇闯袋鼠岛”最大的安全问题，就是：不要撞到袋鼠。

岛上有一个鹈鹕老爹，每天到点抱着一箱子的鱼来喂鹈鹕，据说老人数十年如一日雷打不动准时出现，岛上长着粉红大嘴的鹈鹕也会准时出现。他们已经形成了一种默契。老爹喂鹈鹕是有仪式感的，还专门有个捧哏的做专业解说，想来是，这一套说辞是经过千锤百炼的脱口秀，包袱叠包袱、段子接段子，现场笑声不断。鹈鹕老爹的出场，对于鹈鹕们来说，相当于玉帝降临、王母娘娘下凡。刚才，还躁动不安的鹈鹕群，已经安静下来，围成一个圈。正中心，有一个类似演讲台一样的木桌。一大箱子的鱼，就摆在上面。老爹先拿起一条鱼举向天空，那姿势像极了自由女神，还别说，果然天空有了回应，几只海鸥不知道从哪儿杀出来，落

• 安全驾驶的“生物警示牌”

在老爹的草帽上。先抢了这次盛宴的制空权，这好像也是彩排过的，草帽上飞舞的海鸥，立刻抢占了一部分游客手机的内存，以前的说法叫作“谋杀胶卷”，现在时代变了。随着主角鹈鹕进入大餐的剧情，一部人与自然的大戏拉开了帷幕。门票 5 澳元，虽说是自愿的，但是你要是不给，他们还真不高兴，那么多的鱼也是钱啊。

当然作为海岛，鱼不是稀罕物，袋鼠岛有袋鼠就更不稀奇，袋鼠岛上还有人，他们祖祖辈辈生活在这里，过着袋鼠第一、人类第二的生活。事实上岛上国家公园和保育区只占全岛面积的四分之一，渔业、农业同样是这个岛上重要的经济支柱。在整个国家经济背景下，乡镇建设也是发达国家水平，但转向保护区都是土路，开车走过，灰尘遮天蔽日，令人一下子就找到了野外探险的感觉。灰尘才落，车已经来到了碧海青天的银色沙滩。沙滩上没什么游客，我们遇到一个四人的团队，有的瘦小枯干，有的胖大健硕，手里拿着铲，肩上扛着耙，完全是“西天取经”的建制和装备。这是一群看岛人，就是之前火爆网络的拿着高薪、守着海岛，号称是“世界上最棒的职业”，这次终于见到“真神”了。

当知道我们是游走世界，在世界各地做雕塑的艺术家的时候，他们也是羡慕不已。于是双方极尽英语美丽的词汇，互相吹捧起来。

• 袋鼠岛上的鹈鹕

3 故乡

语言障碍阻挡不了相同的血脉，这里的华人用中华民族特有的热情对我进行款待。

从袋鼠岛回来，我在一天一夜的时间，先后辗转墨尔本和悉尼。墨尔本大学演讲，悉尼电视台采访，墨尔本的主办方知道我要去格里菲斯，就体贴地给我订了去澳大利亚布里斯班的机票，这里有著名的黄金海岸。

这是一个南辕北辙的错误，格里菲斯市在澳大利亚南部的地方，而布里斯班在北部。之所以犯这样的错误，是因为布里斯班有个叫格里菲斯的大学，在中国人的心中澳大利亚是旅游和留学的地方。

不得不承认，格里菲斯市是一个多么默默无闻的地方。这是一个意大利人的城市。意大利人很愿意走出去，据说有一半意大利人不生活在意大利，这民风有点我们福建人的意思。

意大利人念旧，也为自己的文化自豪，很多

• 墨尔本大学的演讲和记者会

场合，意大利语是第一语言。参加本次创作营，恰巧也有一位意大利的艺术家，所以在这里备受追捧，他经常不和我们一起用晚餐，而是参与某个意大利人的聚会。受到当地人欢迎，不仅仅是语言相通，更重要的是感到血脉的相近，虽说这个城市都是意大利人，但是绝大多数市民，并没有回过意大利。意大利对他们既是根，也是梦想。

老家终于来人了，听一听真正的米兰口音，感觉自然亲切。

这样的待遇我也是有过的，我曾经受邀请去哥斯达黎加，这个中美洲的小国。我们所在的城市叫蓬塔雷纳斯，在太平洋的东岸。历史上有很多广东人远渡重洋来到这里，世代侨居。美洲的太平洋一线都是华人喜欢居住的地方，无论是美国的洛杉矶、旧金山，还是加拿大的温哥华，对于坐船来的老移民，或坐飞机来的新移民，都是最好的选择。原因很多，其中一个就是离家近，家就在海的那一边。

蓬塔雷纳斯住着大量华人，这也是他们邀请我来做雕塑的一个原因。他们都来自广东，华人会馆里挂的是孙中山像，摆的是老旧的八仙桌、太师椅。他们不会说普通话，会广东话和当地西班牙语，而我只会普通话和英语。我们见面的时候，相同的面孔，却只能靠手势和一些简单的词汇勉强沟通，看起来很好笑，也有些唏嘘。

很多外国人对中国的语言有误解，认为中国只有两种语言：普通话和广东话。我就经常被当地人问起，你是说“mandarin”还是“cantonese”，“mandarin”是普通话，“cantonese”是广东话。我要不断地跟他们解释，中国通用的语言只有普通话，类似粤语这个级别的语言，中国还有闽南话、上海话一大堆呢，就是在广东省还有广府话、潮汕话、客家话几大支，更不要说什么惠州、雷州的方言。

之所以粤语在美洲地位这么高，因为那里的早期移民多来自广东。而我们中原一带的人遇到什么天灾人祸，往往是闯关东、走西口。语言障碍阻挡不了相同的血脉，这里的华人用中华民族特有的热情对我进行款待，当地人把具有中国特色的小吃送到现场，首都圣何塞的华人给我送来成箱成箱的水果，中餐厅请我和我的朋友去用餐，当地的华人领袖带我参加各种集会……

还是那句话，老家来人了。原本不怎么做具象雕塑的我，为这个华人城市做了一个雕塑《望乡》，一个身着传统服装的美少妇，扭头看着海的那一边，家的方向。他们的感觉，我懂。所以我也看懂了格里菲斯意大利人的感觉。

有意大利人的地方就有葡萄酒，这个只有两三万人口的地方，生产出的葡萄酒占澳大利亚总产量的四分之一，也同样大量地出口到了我们中国，我想这些意大利人当初在选址建城的时候，要先看看这块土地是不是适合种葡萄。

格里菲斯建于一百年前，正是因为即将到来的百年大庆，他们从世界几大洲请来重要的雕塑家来记录格里菲斯百年的沧桑和辉煌。非常巧合的是，格里菲斯市和我的家乡是友好城市，当地很多人都到过哈尔滨，自然和我这个哈尔滨人也有了很多话题。

于是……

于是，我在格里菲斯留下的雕塑就叫《家乡的河》。

- 给我送水果，请我吃大餐的华人大哥
- 哥斯达黎加的雕塑《望乡》
- 雕塑《家乡的河》

4 百年格里菲斯

作为格里菲斯市百年盛典的一部分，我们成为这里最受欢迎的客人。

到达格里菲斯的时候，是半夜。

早晨起来，才得以看到这个城市的全貌。在去餐厅吃饭的路上，商店的橱窗、街边的告示栏，都贴着我们的海报。天蓝色的海报在南半球的太阳下兴奋得发光，在太平洋的海风中激动地发抖。

格里菲斯的电视台，滚动播出的是我们创作营的宣传片。作为格里菲斯市百年盛典的一部分，我们成为这里最受欢迎的客人。“很久以前，上帝恩赐了我们这块土地，有山有水，一百年前，我们的祖先建成了城市，种下了葡萄，酿出了酒，那我们这代人要给我们子孙留下什么？我们要把这些精美而又永恒的雕塑，留给一百年后的格里菲斯。”当地组织者对我们一番深情的告白，让我们感

• 街头贴满创作营的海报

到肩上的历史重任。我们得好好干啊，要不怎么对得起格里菲斯的人民。我们雕塑的场地在一个小公园。在这里会有一些古旧农具之类的展示，作为澳大利亚的特点，经常也会有一两只鸸鹋或者其他小动物来觅食。

不同于以往，如果来公园看我们做雕塑是要买门票的，虽然不过 2 澳元。公园里有一个老旧的绿皮火车，不是轨道车，更像是旅游区的电瓶车，又像儿童乐园的小火车，几节车厢坐百十号人，其中的一站就在我们的工作场地。经常有来自悉尼、墨尔本的老年团，在这里下车，参观，再启程奔向远方。既然是贵客，其间的宴请也是必不可少。换不同的饭店，体验当地美食，也是创作营的一部分。此次当代政府的宴请，应该算是最盛大的一次了。足足请了五六桌，除了我们十个艺术家，对于其他人来讲，可不是免费的晚餐。

在此之前，当地早早地就打出了广告，也是贴得哪儿都是。“想和国际雕塑家共进晚餐吗？想近距离聆听他们游走世界的故事吗？欢迎参加晚宴，60 澳元一位。”还别说，桌桌坐满，市长等人也悉数出席，我只是一直猜测，市长有没有交这 60 澳元呢？在席间，雕塑家自然就是热点，我们被分散在各桌。面对一桌子花钱来和你一起吃饭的酒友，眼巴巴等着你的传奇，我是绞尽脑汁说故事、讲

• 未来我的雕塑将坐落在这个公园

段子，一定要让他们觉得这钱花得值，花得有意义。以前，也听说过花钱买午餐的，有个金融大佬叫巴菲特，他的午餐价格被哄抬到 400 万美元，我和他还有很大的距离，以后继续努力。此次晚宴，席间认识了格里菲斯的市长，大概 60 多岁，老头听说我来自哈尔滨，非常高兴。一再表示，要给哈尔滨的市长写封市长信，表达对我的感谢。

创作营很快就接近了尾声。最后一天，并没有什么特别的仪式，要分手的艺术家就依依不舍地和雕塑合影。我们常说：雕塑就像我们的孩子。一个月的时间，我们付出汗水，也流过鲜血，我们每天抚摸这块石头，把我们的温度，我们的感情一点一点传递给它。这块石头也慢慢地有了形状，有了生命，而残忍的是，当你把所有的一切都倾注到这个雕塑上，当雕塑终于可以完美呈现出来的时候，你却要告别了，可能一辈子再也看不到它了。不过，这也是最值得骄傲的地方，这个雕塑永远留在异乡这个城市延续艺术家短暂的生命。

我们正在拍照片，市长不知什么时候出现在我们身后，夕阳下、春风里，手里拿着一个大文件袋，静静地等在那里。正在合影的我们赶紧招呼他加入我们的团队。毕竟，我们的“孩子”以后都要交到他的手中，还要他好好照顾呢。文件袋里装的市长信，装的是两个城市的友谊……

• 格里菲斯市长给我写的市长信

5

金字塔下的雕塑

三次埃及之行，让一个陌生的国家变得熟悉起来。

埃及是我去过的第一个阿拉伯国家。去之前，我自作聪明地认为，虽然对阿拉伯语全无了解，但至少认识阿拉伯数字。结果去了才发现，全世界都在用阿拉伯数字，就阿拉伯地区不用阿拉伯数字。后来才知道，阿拉伯数字是印度人发明的，因为阿拉伯人的传播，才叫阿拉伯数字。

一共去过三次埃及，三次埃及之行，让一个陌生的国家变得熟悉起来，也认识了阿拉伯语的数字，1 还是 1，9 还是 9，其他就不一样了，比如：7 是 6，0 是 5……第一次来埃及是 2011 年，在去埃及的飞机上，那浓郁香水味，已经让人有了鼻尖上的阿拉伯的感觉，从自己座位到卫生间的路上，鼻子仿佛进行了一次环球旅行，各种香味争先恐后地扎进肺里。

据说埃及人四千多年以前就开始制造香水，

• 雕塑一样的建筑

并且知道在不同的场合使用不同的香味。非常遗憾的是，那时候的埃及人没想到现在会有飞机这个东西，以至于没有一款飞机专用香水，能让飞机里的味道统一起来。

无论从非洲的角度，还是从阿拉伯的角度来说，埃及都是毫无争议的老大，再加上自带五千年的历史光环，更是古今通吃的厉害角色。所以埃及的文化也是影响世界的重要一支。对于我来说，能在文明古国完成几件雕塑和狮身人面像对话，是无上的荣誉。我在埃及的三个雕塑分别坐落于阿斯旺、吉萨和开罗。埃及 90% 的人口集中在 5% 的土地上，数来数去就那么几个城市。

金字塔、神庙、木乃伊是古埃及文明留下来的“招牌菜”，而且量大、料足。金字塔在撒哈拉沙漠可说是此起彼伏，远远望去，那是“一座座山一座座山川”。神庙则在尼罗河畔连绵不绝，尼罗河畔的游船项目就是神庙之旅。至于木乃伊，博物馆里一堆，装木乃伊的木棺，精美得就像木质彩绘雕塑，我每次看到第一时间联想起来的都是俄罗斯套娃，可能因为他们都有华美的外表，和复杂的内容物。不仅王室贵族有木乃伊，贩夫走卒也有木乃伊，猫猫狗狗也有木乃伊，人的木乃伊装在人的雕塑里，狗的木乃伊装在狗的雕塑里，最大的木乃伊是一

• 面对古老文明，我自渺小

个鳄鱼的。

埃及五千年的文明留给我们的就是五千年的雕塑文明，或者说用雕塑承载的文明。可见雕塑在文明进程中具有多么重要的位置。我在埃及做雕塑的三十天里，除了创作之外，还受邀参观了三四次小型的艺术展览，多多少少都和雕塑有关，展览的规模很小，感觉展厅就像一个民居，参观的人有点像挤公交车。这样的展览还是挺受启发的，小规模，运作灵活，展览频繁。

可见，现代埃及人依然有雕塑的执念。随着城市的发展，政府准备在开罗的东方再建一座开罗，名为“新开罗”，如何让新开罗，又好看又有文化，于是来自世界各地的雕塑家和埃及人一起在新开罗建造雕塑。

毫无疑问，雕塑原本就是城市建设中的一部分，也是城市发展的记录。我经常给大家举例子，说当女人花几千元买一件衣服的时候，肯定不会配一个塑料的或者仿制的首饰应付了事。如果你在北京一千万买个房子，二百万装修完毕，也不会从潘家园买一个假古董摆在那里，你得摆一件硬邦邦、响当当的雕塑。这不仅让你的装修画龙点睛，还让这个家有了故事，来客人的时候，估计没人喜欢听你讲瓷砖、水龙头多好多贵，但你可以介绍你的雕塑有什么样的历史传承。

随着雕塑的光辉灿烂，你家的马桶都会高贵起来。

我的一个雕塑就在新开罗一个叫作 Madinaty 的地方，这是一座平地而起的新城，城内有完整的市政建设和规划，而且有一座雕塑公园，我的雕塑就在那里。很多国家都有明确的规定，城市建设的一部分比例要用在公共艺术上面，公共艺术当然不仅仅包括雕塑，一些有品位和品质的公共设施也在其列。这样的规定不是现在才有的，《大卫》《思想者》的创作都是因为建筑的需要。

6

鸡鸭同池

阿拉伯土豪就是要在沙漠里实现到哪儿都有水，家里有泳池，出门有喷泉。

SODIC 是我第一次埃及雕塑活动的赞助商，在往来机场的公路两边，蓝底白字的大广告牌比比皆是，这家公司是做房地产的，在国家经济起步的时候，房地产永远是财大气粗的行业。这次创作营的目的很简单，就是让他们在金字塔北边的高档别墅区充满艺术气息，以满足阿拉伯土豪日益增长的物质和精神文化生活的需要。

什么叫土豪？什么叫作阿拉伯土豪？

我们那儿的东北土豪，一定要在三亚有一块地，要的就是数九寒天，过去洗海澡、晒太阳，光着膀子吃黏豆包、啃冻梨的日子，还好现在更南面的黄岩岛没有搞房地产，要不分分钟成为东北飞南海的另一块地，啃冻梨就要在最热的炕头。

• 朝阳，海滩，雕塑

那么阿拉伯的土豪呢？阿拉伯土豪就是要在全年无雨的撒哈拉沙漠，拥有一个碧水波澜的游泳池，再在泳池边上种上树，在沙滩椅上一躺，也要有三亚的感觉。

我们创作营所在的别墅区，就坐落在茫茫的沙漠里，和法老做邻居，也只有土豪可以承受得起了，就是挨着阴宅，里面还有木乃伊，瘆不瘆得慌？不过，按中国说法，再咋的也属于龙脉啊！

这一个月，我开启了阿拉伯土豪的日子，就是哪儿都得有水，家里要有泳池，出门要有喷泉。我们住的别墅一共三层有四五个房间，住四五个艺术家。别墅门口的小屋子里，还住了一个管家，深色皮肤，是从埃及南部来的，英语也会一两句。埃及天气很热，工作一会儿，就想到泳池里泡一泡，工作的地方和住处不远，可以走着去，一天要泡澡好几次。忘了说，我是不会游泳的，所以叫作泡澡。

外国人对游泳的热爱要超过中国人，至少超过我们北方人。三国时候，曹大人带领的北方军队，就不善水战。

这次来的外国雕塑家几乎没有一个不会游泳，在泳池中，欧洲人健硕的身材，从水中冒出来闪烁着阿波罗一样的光泽，东方人的身材就显得“偷工减料”，略微节约了一点。这是不是他们喜欢游泳的原因呢？

艺术家们轮流做我的游泳私人教师。真是天分不济，每天雷打不动泡在泳池里，结果还是旱鸭子一个。国外人喜欢把会游泳的人说成是“鸭”，和我们也没什么区别，但是不会游泳的人被比作是“鸡”。放在一起，就多了一层的联想。

我的创作之旅就是我的游泳之旅。雕塑创作之路在继续，游泳也在继续。

在我们创作营住过的酒店，很多都有游泳池，实际上，每次住的不一定都是酒店，比如我在韩国的时候住在海边的别墅，那里应该是中国的黄海，海的另一边就是我们可爱的祖国。东方的房屋一贯节省，住宿沿用的是韩式传统的民居，睡在地上，至于创作营惯例的游泳池，不必了，苍茫大海，任你遨游。工作之余，踏着海浪、泡着海澡。除了这种别墅式的住宿条件，有的时候我们住在一些相当于乡村宾馆或者度假村一样的地方。这里每到周末都会特别热闹，车来车往，人喊狗叫。游泳池，依然是有的，以色列的小旅馆在偏远的小山沟，也有一个不大的游泳池，游泳池的入口是一个小木栅栏，写了好多的安全提示，能记住的就是“狗禁入”。

• 美丽的泳池

俄罗斯的住处就是一个大的度假村，门前一条河，据说是人工的，岸边同样是人工的沙滩和人工的躺椅，即使是在 8 月，这里也是凉风习习，所以，在这里游泳的艺术家并不多，游泳的都是当地人，这个有着冬泳习惯的国度，连在零下二三十度的情况下，人们都无所畏惧地脱得赤条条地蹦进冰窟窿，何况这还是在夏天。

创作营游泳池不是必需的，我们在法国的创作营，就没有游泳池。

没有泳池，你就得有别的说法。有次欧洲的创作营，我们是在一个几百年的老房子里，屋子里还有壁炉。古老的石头墙长满了青苔，院子里还残留着不知道是啥时候的木车轮，不远处，不知道谁家养的几只驴，早晨叫几声，当公鸡用，就是一点准头也没。院子里一排大石头房子，有农具间、储物件、洗衣间。

工作的地方也在一个几百年的教堂的下面。如果不是因为有辆交通用的轿车，我们仿佛生活在了中世纪。

• 以色列游泳池告示

7

尼罗河

早在五千年前，阿斯旺人就开始做石雕了，他们用石雕烙印人类文明。

尼罗河号称是世界上最长的河，南美人就不服气了，说亚马孙河才是世界最长的河！到底谁是谁非，各说各的理，唯一能确定的是，那个叫亚马逊的公司一定是比叫尼罗河的公司大，而且不是一般的大。

但尼罗河更有文明，最古老的文明。

埃及是最充分利用尼罗河的国家，把这条河里的水尽量留在这片土地上，不要白白流入地中海，是古埃及人和现在的埃及人几千年都在琢磨的事，于是就修了水坝。水坝修建在阿斯旺，于是阿斯旺就成了埃及南部最重要的城市，于是阿斯旺就办起了雕塑创作营，于是我就来到了阿斯旺。

阿斯旺创作营历史悠久，有二十多年了。这仅仅是其一，其二，在五千年前，这里的人就开始做石雕了，从阿斯旺开始，尼罗河既不是滔滔也不是滚滚，而是慢悠悠地流经卢克索到了开罗和吉萨，缓慢的流速，宽阔的河面，在撒哈拉沙漠和阿拉伯沙漠中间画上了一条绿线，这条线是生命线，也是文明线。

金字塔在吉萨，吉萨黄沙蔽日，一马平川，想找块碗口大的石头都不容易，所以建设用石全部来自阿斯旺，石头采出来，沿着尼罗河慢悠悠地运到吉萨，然后这一线也就有了数不清的神庙。

这些人类文明的烙印都归功于阿斯旺的石头。阿斯旺有着这个世界上最漂亮、最坚硬的花岗岩。这里诸多名胜古迹之一，就是采石场，采石场有世界上最大的方尖碑，可惜的是这个方尖碑是一个躺着的半成品。

这么好的石头，经过五千年的开采，自然要受到保护了，谁都别用，但是雕塑可以用。埃及人要用这里的石头续写埃及古老的文明，而我就是其中的一部分。

这次我被邀请到阿斯旺，要做的雕塑就叫《尼罗河》，这是我最近比较常做的河流系列中的一个作品，以前还做过《松花江》《里海》《日本海》《印度洋》，我一个雕塑家开始干大禹干的事了。这个系列的雕塑还是很讨人喜欢的。其中

• 雕塑《尼罗河》

- 中国・哈尔滨《松花江》
- 日本・行桥《日本海》
- 阿塞拜疆・巴库《里海》
- 中国・台湾《七星潭》
- 印度・巴罗达《印度洋》

一个雕塑叫《七星潭》，坐落在花莲县的一个著名景区七星潭里，大家路过不妨一看，很好找的。好找是因为它就在景区的厕所旁边，从旅游大巴下来，照完相，再上个厕所，啥都不耽误。对了，台湾不叫厕所或洗手间，叫化妆间。经常看一个满脸胡子的人粗声大气地说，我要去化妆间。

在花莲做这个雕塑的时候，印着我雕塑的海报、道旗遍布花莲的大街小巷，在那个时候我的雕塑是不是火过了周杰伦或者林志玲？关于这个雕塑还有一段很玄学的解释："是岸改变的水的方向，还是水改变了岸的形状？"因为埃及这个创作营正好赶上了中国的春节，我和组委会告假晚来了两天。等我来的时候，其他雕塑已经动工了，我的雕塑体量又是最大的，这个雕塑高大约四米五，原石看起来更是大得令人窒息。谁让咱是来自东方大国呢，个子不大，雕塑一定要大。

借着春节的喜庆，我把一个国内福字挂在了营地。于是创作营也就有了关于除夕的传说，有了初一十五的历法，中国古老文明和埃及古老文明，就是这么自然地融合到了一起。

• 和埃及的助手们一起共庆中国春节

8

黑市和不黑的市

来的游客多，当地的商人也便『逮一个宰一个』，你要买东西须斗智斗勇。

我在阿斯旺的雕塑持续了一个多月，虽然仅仅是 2 月，天气也渐渐有了转暖的迹象。一个多月以来，我们也慢慢习惯了埃及慢慢悠悠的生活。埃及作为一个伊斯兰国家是禁止喝酒的，但是创作营又是一个无酒不欢的地方。那怎么办？

黑市！

黑市买来的酒，说不清花椒还是大料的味道，和我在土耳其喝过的 RAKI 差不多，属于烈性酒，但也就是三四十度。就是这度数，当地人也喜欢兑水喝，半杯酒加上水，透明的酒瞬间变成了乳白色，不变的依然是花椒大料的味道。

像黑市这种传说中的东西，我们国际艺术家是找不到的，全得依靠助手。把要买的东

• 在雕塑落成的时候，和努比亚人一起跳民族舞蹈

西列一个清单，交给助手，据说，他是在当地很有办法的人。几天后，看到他手里拎着一个黑塑料袋子的时候。你要的货就到了。其实，埃及是阿拉伯国家，但并不全是穆斯林，在开罗，在亚历山大，还是有很多的基督徒。所以，依然有很多埃及艺术家是和我们一起喝酒的。

我也有一次埃及黑市换钱的经历。每次，创作营结束，我们会得到一笔收入，叫劳务，或者稿酬、补助。因为这些都是国际文化项目，荣誉大于金钱，收入倒不多。阿斯旺的活动结束后，我们也到手了一笔埃镑。绝大多数中国游客应该都有过美元换埃镑的经历，非常容易，无论银行，还是各种小店都有得换。红彤彤的汇率写在门头，在什么事都很随意的埃及，这已经就是很正规的啦。但你要是把埃镑换成美元可就难了。门头那个红彤彤的汇率还在，但是美元没有，没货。不是刚才还有人把美元换成埃镑吗？咋就没货了呢？就是没货，咋的？后来打听才知道，美元和埃镑的汇率一直波动很大，美元大体就是只进不出。那手里的埃镑咋办？

黑市！

黑市的汇率真是没良心，一盘算，心里面美元的厚度就少了一大截。那也没办

法，总比拿着一沓沓花花纸回去要好啊。于是乎，一个夜黑风高的夜晚，我们一群艺术家，怀里揣着鼓鼓囊囊的巨款，来到开罗中心一个小公园的角落。当地朋友给我们要了茶，然后等待神秘人物的出现。一会儿工夫，来了一个黑衣壮汉，就一个人，也是拎一个黑塑料袋，黑市的标配。汇率是早都说好的，大家话不多说，纷纷从衣兜、裤兜、包里、怀里掏出埃镑。钱满满地摆了一桌子，黑衣人很信任我们，连数都没数直接装进了黑塑料袋。然后给了我们每人薄薄的一小叠美钞。就数钱这件事来讲，欧洲人笨死了，就那么几张，他们也一张一张摆在桌子上数，像拿扑克算命似的，不一会儿就摆满一桌子。吓得我啊，真担心一阵大风把钱都刮飞了。至于我，舔舔手指头，分分钟就在桌子底下完成了数钱的动作。

黑市，就要有点黑市的气氛。

阿拉伯人擅长做生意。埃及的大巴扎（市场）总是人声鼎沸，从南到北，阿斯旺、卢克索、开罗、亚历山大的巴扎，我都去过，便宜又实惠就是阿斯旺的了。其实，阿斯旺大巴扎的生意人好多是努比亚人，这是一个和古埃及人更接近的民族。开罗因为是旅游名城，游客众多，当地的商人也就“逮一个宰一个”，反正抱着都不是回头客的心态。你要买点东西得斗智斗勇，三十六计、七十二

• 开罗街头的商贩

变都要使出来。阿斯旺的巴扎就亲民得多，这里的巴扎巨大无比，感觉永远走不到头，感觉整个阿斯旺都坐落在巴扎里。到了夜晚的巴扎更是人声鼎沸、灯火辉煌，街边除了摊铺，还有很多茶馆，很多喝茶的人，会吸一种水烟。抽水烟的人不像我们一个小桌，哥俩面对面，边聊边抽，他们是坐成几排，一致面向大街，像看戏一样。

巴扎里的商贩个个都会几句外语，看你东亚人的模样，就用日语、汉语、韩语试探着和你打招呼。为了为难他们，面对“你从哪里来”这个世界哲学难题。我的回答是蒙古，我就不信你能用蒙古语和我打招呼。来巴扎，当然要给国内朋友带一点小礼物。各种特色的民族服饰，旅游纪念品种类繁多。其实买什么，不那么重要，一份心意，但是千万别买到“made in china”，总不好给朋友千里迢迢带回来一个“义乌货”吧。

挑好东西，讲好价钱，最后再看看商标，都是阿拉伯语，确定没有“made in china”，边付钱，边好奇地问埃及的朋友，帮我看看，这是你们埃及哪儿产的。朋友哈哈大笑说，这句阿拉伯语的意思是“made in china”。

…………

你们不带这么欺负蒙古人的，好不好？

9

不一样的阿拉伯世界

雕塑历来都是古文明留给现在最扎实的见证。

集中在北非、西亚的这些伊斯兰国家多以阿拉伯国家为主，但是有两个例外：一个是土耳其，历史上他们是奥斯曼帝国；另外一个是伊朗，以前的波斯帝国。

在这诸多的帝国之前，这一片土地也是古文明的发源地，雕塑历来都是古文明留给现在最扎实的见证。虽然这个地区目前是世界上最乱的地方，但也是最喜欢雕塑的地方。

埃及阿斯旺的创作营有二十多年的历史。而土耳其的创作营数量更多，每年大概都要有十几个。阿联酋的迪拜也有着世界上出手最阔绰的雕塑活动，在花钱方面，如果迪拜说第二，还真没有哪个敢说第一。

一直处在经济制裁下的伊朗，最喜欢大，创作营的时间长，创作雕塑的体量大。就连现在战火尚未平息的叙利亚也举办过雕塑创作营。在 2011 年，叙利亚的首都就举行了一个木雕创作营。翻看一下当时的国际新闻，那时候，叙利亚已经处在水深火热之中了，既然生活已经这么苦，不如艺术一下，快乐快乐。还是在这片土地上，有个特别的国家——以色列。虽然我的一些阿拉伯朋友并不认为这是一个国家。

以色列的创作营我是去过的。

当时就有艺术家说，你的护照上有了以色列签证之后，有些伊斯兰国家你就去不了。事实确实如此。几年后，我再去伊朗做雕塑的时候，是等到那本贴有以色列签证的旧护照完全贴满，重新办了新护照之后的事情了。同样是伊斯兰国家，他们却有很多不同，土耳其应该是最接近西方的国家了，连一个足球联赛也要参加欧洲的，这也是我们亚洲足球的幸运，否则这老哥占着一个世界杯席位，我们中国足球的世界梦就更遥远了。不过也不能怨人家，真正横在我们面前的拦路虎是越南、泰国之类的东南亚足球豪强，日本啊、韩国啊早就不在我们考虑之列，更何况土耳其。

因为卡在阿拉伯世界和西方世界之间，再加上领土面积大，土耳其确实是一个不错的缓冲带。我去过的德尼兹利分老城区和新城区，这个新旧之分不仅是建筑，甚至是生活习惯。

在德尼兹利的老城街道上，土耳其人衣着都比较传统，尤其是女人。行走的男女之间也有着严格的规范——所谓“男女授受不亲”。我就特别好奇男人女人之间要有怎么样的距离才符合标准呢？

到了新城区就是一片现代化都市的场面了。要不说这个国家矛盾呢，像西方国家一样，异性见面，又是抱又是亲的。也别想歪了，这是传统的西方见面问候，一定左右开弓，还得亲出声来，才算地道。

面对这个，东方人都会觉得很别扭。当地人也觉得别扭，我也碰到过。在一次和当地大学的联谊活动中，一位美术系的女教师，用西方的礼节和我们这些国际艺术家热情地问候，当走到我这一个东方面孔前，就显得手足无措，是左右开弓，还是抱拳拱手，或者来一个万福……这时候真应该有一个国际问候礼，不远不近，东西兼顾，面对一个美女的见面吻礼，我还是可以欣然接受的，但是当两个长满大胡子的脸那啥一下，刺猬对豪猪啊。

10

棉花堡

白色是这个城市的标志，这里有旅游名胜『棉花堡』，一片一片雪白的山丘。

雕塑创作营在土耳其德尼兹利，离地中海还有一段距离，在伊斯坦布尔下了国际航班，再转一个国内航班。

机票都是土耳其的组委会买好的，一切不必操心。据我的了解，土耳其类似我参加的这样的创作营，大概每年有一二十个，而且几乎每个创作营都是持续的。因为有规模，所以土耳其的组织者是非常周到的，机票、住宿、旅游都安排得井井有条。土耳其又是一个旅游资源非常丰富的国家，很自然他们的创作营自成一派。

这次我们的赞助商是一个生产石材的工厂，以板材为主，和艺术无关。但走进工厂的办公区，发现离艺术不远。老板收藏了很多的艺术品，包括绘画、雕塑，有的是极具个性

• 土耳其 · 德尼兹利《棉花堡》

的艺术作品，有的是对这个家族的记录，包括老板父母的一个等人大的大理石雕塑，还有墙上一些肖像绘画。不仅如此，他还收藏了很多古老的罗马大理石的雕塑。这些古罗马的大理石雕像并不遥远，它的产地正是这个城市，就在这小小的城市，有两个以大理石雕塑为主的博物馆。在这样有着悠久的雕塑文化的地方，老板有如此艺术修养也就不足为奇了。在一次小型会议上，老板提出希望以当地的一些古老雕塑为主题，搞一个和古人对话的雕塑营。真是一个听起来让人激动的主意。老板叫 Nihat，他的主意还不仅限于此。

用绘画的方式对事物进行记录，在中国有据可查，《清明上河图》就是这种记录体的佼佼者。有好事的人，对画中的人物、动物、店面、招牌都做了详细的统计，很多影视城的建造灵感多来源于此画。自从有了照相机，这种古老耗时和主观色彩极重的记录方式几近失传。但我们这个创作营，再现了《清明上河图》的辉煌。

当地一个颇为年长的画家，在我们工作的同时，一直在做着绘画的记录，之所以说年长，是因为头发、胡子都白了，白的没有一丝杂色。这种白色在这个城市是标志性的。这里有旅游名胜“棉花堡”，就是一片一片雪白雪白的山丘。它是当年罗马帝国的温泉中心，我们住的酒店也有温泉可洗，可以工作之余享受一番罗马贵族的待遇。时间是 5 月到 6 月，天气是从凉转暖。我在土耳其创作雕塑《棉花堡》的时候，北京也进入了夏天。

11

斩首行动

他的雕塑的外形像极了一把弯刀，一刀砍下，我的雕塑身首异处。

德尼兹利的天气瞬息万变，可能刚才还是好好的艳阳天，一会儿就狂风大作、暴雨倾盆了，工作所在的露天遮阳棚，遮阳还好，在狂风暴雨下，它就显得那么的弱不禁风了，大量的雨水囤积在我们头上的帆布顶棚上，随着狂风，这一大摊水在顶棚上滚来滚去，随时都有砸下来的危险。这就是天有不测风云。

我的雕塑也是，在整个工作进行到接近尾声的时候，我的作品就在另一件雕塑的强力撞击之下，被斩首了，那个惹祸的雕塑自己也粉身碎骨，不得再生。我是纯粹的受害者，因为工作人员的不慎，在搬运其他雕塑的时候，一个三米多高的大理石雕塑，轰然倒下，这个雕塑的作者是古巴人，他的雕塑的外形像极了一把弯刀，一刀砍下，我的雕塑身首异处。

• “圣光”照耀下的旅馆

包括艺术家在内，大家围着“壮烈牺牲”的两个雕塑，七嘴八舌地出着主意。Nihat 先生（本次活动的主办人，主要赞助人）还是处事不惊，几个电话之后就请来了救兵，又是一位白发老人，仪表不俗，不得不承认头发白了的看起来更可靠，好似我们的俗语“嘴上无毛，办事不牢”，这句话是不是有一点岁数歧视的意思呢。

白发老人走到那个惹祸的，已经“粉身碎骨”的雕塑旁边，看了一圈，摇了摇头。又走到我“惨遭斩首”的雕塑旁，转了一圈，又转了一圈，然后沉思一下，点点头。这时，旁边土耳其雕塑家耳语我，说老人是一家博物馆的馆长，更是文物修复专家，他可以肯定你的雕塑可以修复，听到没有？用的是“修复”。

震惊，我的雕塑居然得到了土耳其文物级别的修复待遇。

说到这儿，我先补充一下，就在前一个周末，我们刚刚参观了这家博物馆——一个“雕塑学校”，那里有大量的精美的我们传统意义认为的西方雕塑。在这个城市遗留下来了很多古罗马时期的遗迹，有古老的罗马竞技场，我们参观的这个是一个绝难见到的艺术学校的旧址，我没有进行过专门的考察，但这应该是有物为证的最古老的雕塑学校之一了。在罗马帝国非常繁盛的时期，艺术得

• 用沙子对付石头

到了极大的发展，雕塑也搭上这趟快车，大理石的雕像更是可以彰显出罗马贵族高贵的气质，大理石本就高贵。

这所“雕塑学校”，陈列着大量的大理石雕塑，之所以它不是陈列馆，最大的特点是，它有很多雕塑流水线的痕迹，就算在那个手工年代，雕塑也是流水线生产的，有的专门负责开荒，有的负责做衣服，技术最高的老师傅则负责面部。那个时候所谓的“雕塑学校”，沿袭的是师傅带徒弟的学徒式教育体系。

在这里，可以看到大量的雕塑的半成品和复制品。某种程度上，解密了当年古罗马雕塑生产的过程。这里的雕塑数量之多，令人震惊，其中我对于这些两千年前石雕文物的修复也印象很深，准确修复，修旧如旧。

我的雕塑的修复工作，最大的秘密是沙子。

如此庞大的石块，搬运和移动起来都很困难，何况这样的移动是以毫米计算的，只有这样才能准确地把破损处拼合，而又不能因为用力过猛造成新的损害。这时候沙子的妙处就出现了，把大的雕塑主体放在沙堆上，通过调整沙子的多少，一点点地调整主体的水平状态。

这也应了那句太极拳的精髓——“以柔克刚”。

这样的修复工作，五六个人忙活了好几天，还真把它当文物修了，这要是在国内，俩工人半天就完活了。

我并不认为我的雕塑有如此高的成就，只能说明，土耳其这个国家，对艺术充满了热爱和尊重。我暗暗地发着誓，一定要把雕塑做好、做精，不辜负博物馆领导的大力支持，不辜负土耳其人民对我的厚爱。

12

王妃的澡堂子

整个建筑的尽头是圆柱形的深坑，三面陡立的墙壁，一面可以顺阶而下，深有几十米。

印度是一个旅游的大国，名胜古迹数不胜数，不愧是四大文明古国。在众多的经典中，印度神庙应该是经典中的经典了，因为印度教重要集中在印度和尼泊尔，印度神庙也只有在那里可以看到。不过印度最出名的建筑不是印度教的，而是伊斯兰教的泰姬陵。

众多印度神庙对我来说，没有什么太大的区别。印度神庙中的性爱雕塑，比印度神庙本身更声名远扬。一直以来，印度强奸案件居高不下，和神庙中的性爱雕塑也不是没有一点关系。

雕塑创作营的休息时间，去一去旅游景点也是国际雕塑创作营不成文的规矩。先去的一个神庙中规中矩，性爱雕塑自是必不可少，三三两两，捉对厮杀，不缺乏想象力。那个

• 王妃的澡堂子就是个大深坑

时候还没有进入影音时代，否则 AV 大国，可能就不是日本了。后来参观的古迹，我们就把它叫作“王妃的澡堂子”，这个澡堂子的主人是当地一个小国 patan 的王妃，你别看国家小，澡堂的规模远胜于杨大美人的“华清池”，当时的杨大美人可是国母啊，就算老皇帝真的勤俭治国，也不会给爱妃的澡堂子弄得如此寒酸。杨大美人，也就是贵妃杨玉环，爱洗澡是出了名的，而且爱喝酒。榜样的力量是无穷的，如今，陪酒、陪浴依旧暗行，中华酒文化、洗澡文化还是一脉相传的。

印度王妃的澡堂子，远远望去，啥都没有。一马平川。走近一看，才发现玄机，整个的建筑都在一个大深坑里，说的也是，谁家姑娘洗澡跑阳台上去啊。自然要到私密之处。顺着台阶往下走，两侧墙壁上是精美的雕塑，但是印度神庙中最常见的性爱雕塑，在澡堂子里却是没有的。整个建筑的尽头是圆柱形的深坑，三面陡立的墙壁，一面可以顺阶而下，深有几十米。在下面凉爽宜人，虽然是冬季，印度中部的气候也颇为炎热。因为这个去处，远离新德里和恒河的经典核心旅游区，整个游览的过程没有看到几个外国人，但是有不少的中小学生前来参观。

• 这一层一层地把你带到地下，还好不是十八层

• 底下就是澡堂子的核心区

同样是文明古国，印度和中国的旅游开发还是区别很大，印度景点的门票对本国几乎免费，对“老外”却是一点也不含糊。不像我们国家一视同仁，一样的贵。还有印度景区的修建也非常少，修旧如旧也是谨慎进行，像“子怡出浴”这样的雕塑是绝对没有的。

就在“澡堂子”附近有一个不新不旧的古城，城墙的砖很多都是取自更古的古城，在当时也是一个拆迁的废物利用吧，所以城墙斑斑驳驳，有的砖上有精美的雕刻，有的则没有，图案断断续续，颠三倒四，一面墙浓缩了跨度千八百年的建筑材料。古城的城根下，有一个大的垃圾坑，但是仔细望去，坑壁依然是精美的印度浮雕，而且看起来很完整，只是被印度经典的垃圾遮住，下到坑底的石阶整整齐齐，清晰可见，这又是一个千八百年历史的古迹。看到垃圾下的精美的雕塑，真为印度人感到惋惜，但也怪，这些雕像虽然盖满垃圾，并没有

• 墙壁上精美的雕塑

人把他们搬回自己家，也不会像国内的某些景区那样，有一些“貌似当地人”，偷摸地拉住你的手：“嘿，哥们儿，有古墓里的宝贝，你要不，明朝的、清朝的都有。”你转身刚要走，他又拉住你：“宋、元的要吗？”你脱身而去，他再追两步：“那秦、汉的呢？”即使已经走远了，还幻觉一样地听到：“春秋……战国……”想回去问一下，你是历史老师吧。

对于我们这样的文明古国，历史遗迹的开发保护一直众说纷纭。

在埃及的时候，看到沙漠上的金字塔是一片一片的，掉落的金字塔的砖散落各处，从石堆上走过，你要小心别绊了脚。那一天的天空是蓝蓝的，微风习习，几个鲜艳的塑料袋飘动在金字塔的上空，有红的、蓝的、绿的……带着对金字塔依依不舍的眷恋，飞向了尼罗河。因为在尼罗河畔，有着它浓浓的撕不断的亲情，或红的，或蓝的，或绿的——塑料瓶。

• 垃圾堆里的古迹

No.3

小人物

“小人物”系列的作品名字都比较好玩，来自中国的一些俗语。比如《门外汉》《墙头草》《梁上客》……作品造型既简单又夸张，表达的形式直接明了，又会让人浮想联翩。

加拿大 · 蒙特利尔《墙头草》

ÉVÉNEMENT

突尼斯·哈马马特《门外汉》

中国 · 哈尔滨《撑门面》

1

突然，突尼斯来了

突尼斯之行，可谓一波三折。

突然，接到了突尼斯方面发来的邀请。

突尼斯这个国家，我没什么概念，只是记得好像进过世界杯。对一般的人来讲，突尼斯和威尼斯，摩洛哥和摩纳哥，阿尔及利亚和阿尔巴尼亚，都是双胞胎一样的存在，他们除了名字相近，而且还都在地中海的一圈。突尼斯、摩洛哥、阿尔及利亚都在地中海的南岸，也就是非洲大陆的几个阿拉伯国家。威尼斯、摩纳哥、阿尔巴尼亚都在地中海的北岸，是欧洲的，但是其中威尼斯不是国家，是一个城市。

地中海一圈的国家都有历史，突尼斯也不例外，突尼斯向中国游客开放免签后，瞬间中国旅游的先行者们就拥入了这个小国。旅游攻略显示，突尼斯的蓝白小镇是一辈子一定

• 迦太基古城

要去的地方。那么多一定要去的地方，这一辈子不够用的，下辈子投胎海鸥吧，可以四处转，还不用买门票。

接到突尼斯邀请的时候，我正在埃及，离得很近。当时的突尼斯还没有免签，我天天在阿斯旺琢磨着怎么去开罗办签证，但毕竟这里雕塑的工期还是很紧。果然国家的强大，是肉眼可以看得见的，正在我愁眉不展的时候，突尼斯政府向中国人民信任地敞开了怀抱。

突尼斯之行，可谓一波三折。

第一折，机票。

去突尼斯的机票是对方买的，我接到机票信息，看了看时间和机场信息，就扔到一边忙别的去了，毕竟离出发还有一段时间。飞机是半夜的，这也正常，国际航班出发地和到达地是有时差的，总会有半夜飞行的时候。到了机场，我就被截住了，原来机票上我的名字打错了，L-I-U，他们给写成了 L-U-I，这是任何一个中国人都不会犯的错误。中国有 6000 多万姓刘的，就算叫刘洋的也有 20 多万。哪个不知道 L-I-U 刘啊。这个疑问，我也问过他们，他们倒是理直气

壮，不是应该 L-U-I 刘吗？有什么不对的吗？他们不但把我机票的名字弄错了，满大街海报上的名字也是错的。可能是因为语言、发音或者拼写的习惯，好多外国朋友把我的名字写成 L-U-I 。名字错误，是一定上不去飞机的。想了很多办法，说了很多好话，最终还是重新买了一张机票，还真是那句话“钱能解决的问题，就不是问题”，问题是“没钱这个问题，就是钱解决不了的问题”。

好，重买机票，转机罗马来到了首都突尼斯城。

第二折，签证。

突尼斯免签了，入境的时候要填写入境信息，因为是受邀前往，我就没介意我的住宿地址到底是在哪里，反正有人接机。出入境的官员问起的时候，我就说了一句，我是受邀请来的，对方负责食宿。一般情况，这就是通行证，这证明我不会“黑”在这里，也有足够的费用支持这次旅行。但是，我被拒签了。他给我看了看免签的条款，原来是有条件免签，只对旅游免签。官员看着我一脸想不明白的样子，估计心里说，对来送钱的中国人我们免签，你们这种来挣钱的也想免签？呸！美得你。于是，又是打电话，又是讲道理，终于在机场临时办理商务签证，咱这个毕竟是文化的项目啊。

第三折，机票 + 签证。

因为去程的机票没有用，意味着回程的机票也要作废。
机场的商务签证，只能签一周的，一周后还要续签。
…………

好吧，旅行不就是为了经历嘛！要不写书写啥啊。

• 蓝白小镇
• 沙漠行

2

门外汉

蓝色的海、白色的沙、茅草搭的凉棚。

每年都会有很多欧洲人来这里享受夏日、微风、海浪。

突尼斯的创作营在哈马马特，突尼斯城的南部。同样是一个挨着地中海的城市。

我们所住的酒店就在海边，很大的一片海边沙滩都是酒店领地。每年都会有很多的欧洲人在这里享受夏日、微风、海浪，以此来躲避阴冷潮湿的欧洲。因为历史的原因，突尼斯曾经作为法国的领地长达近百年。这也就造成阿拉伯语和法语在这个国家通用，就连这个创作营的组织者都是突尼斯裔的法国人，现场来的好多媒体也是法国媒体，虽然突尼斯独立六十多年了，好像和法国的关系还不错，没有那种曾经被占领的仇恨。突尼斯作为阿拉伯国家也有它不同的地方，毕竟从地理角度讲，这个国家距离古罗马文明，要近于伊斯兰文明，而且这里是唯一的一夫一妻的阿拉伯国家，街上也看不到蒙头遮脸、一

• 沙漠延伸到大海

身黑衣的传统打扮的女人。

到了酒店，先被组委会发了一个手环，橘黄色的。开始几天，雕塑的工作比较繁重，等稍微闲下来的时候，一打听才知道，这个手环，是 VIP 手环，在这个酒店、酒吧、海滩，你是霸王龙一样的顶级食物链的存在。什么阿拉伯土豪，什么欧洲贵族，不过如此。在这里我们尽享一切。

我们这群艺术家，估计是这家酒店历史上最脏的一批客人了。我们也都有自知之明，进进出出，连大气都不出，恐怕呼吸的震动，把身上的石粉震掉。每次工作回来，洗漱完毕，就有了“翻身农奴把歌唱”的感觉，毕竟，艺术家这么自我的一个职业，没钱也是对这群不媚俗的人的一个肯定。每次的大餐，那是必需的，大餐之后，艺术家分散在各个酒吧。每个人手里拿着不同形状的杯，杯里装着不同颜色的酒，就这样端着酒，游走在不同的酒吧之间。到了新的酒吧，换一杯酒、换一群酒友，这时候的形容词是纸醉金迷、酒池肉林。当年罗马帝国、巴比伦王国是不是因为这样灭亡的呀？

当早晨太阳升起，夜晚的味道瞬间褪去。蓝色的海、白色的沙、茅草搭的凉棚，时不时会有打扮得花枝招展的骆驼被一身穿白袍子、罩头蒙脸的柏柏尔人牵着

• 正宗的柏柏尔人打扮

踏着海浪，留下脚印一串串。这是难得一见的景象，在突尼斯在小小的国土上，撒哈拉沙漠直接伸进了地中海，可以让“沙漠之舟”驶入海洋。东部的海景和西部的黄沙，北部的小镇和南部的洞穴，在这十几万公里之间完美地结合在一起。

我们工作的地方也是一处看起来有些历史的地方，厚墙、拱梁、房屋低矮、厅廊互通，依然是刷的白色。这次我雕塑的名字叫作《门外汉》，是一个两面三眼的小人物和一个方框发生的故事。三个眼睛分三面，无论从哪个角度最多只能看到两个眼睛，三眼相同，不同眼睛进来的光，会形成鬼魅的效果。这个“小人物”系列，在加拿大蒙特利尔的那个叫作《墙头草》，在埃及新开罗的那个叫作《梁上客》，在中国台湾嘉义的那个叫作《水中月》。未来我还会做《抱大腿》《眼中钉》，等等。

三周的时间，《门外汉》的模样渐渐地越来越清晰，也渐渐融入这片海、这片沙。

- 《门外汉》
- 《墙头草》
- 《梁上客》
- 《水中月》

3

车

埃及街上有不少中国产的车，虽然是中国产的车，但开法还是埃及人的开法……

创作营的工作和住的地方，有时候很近，走着就可以过去，这样挺好的，可以经常跑回房间偷偷懒，但是有的就有些距离，要乘坐交通工具。

国外所有创作营的车一个最大的特点就是破，在土耳其，接送我们的车辆是个工厂通勤车，拉完通勤人员就拉我们。对破车最情有独钟的是埃及。埃及创作营的组织者沙拉是我的老朋友了，一天他开来一个破烂无比的老爷车，估计有三五十年历史了，一群做石雕的彪形大汉，费了半天劲儿才挤了进去。文明古国都有超载的习惯。中国、印度都是，埃及人生性乐观，开罗满大街破车横行，这个当啷一个破车灯，那个保险杠拖着地，街上那种招手就停的面包车，从来都没有真正意义上停的时候，总是边开着边上下客人，个个都是铁道游击队。那天，吃过饭，我们的车不小心和别的车撞了一下，埃及艺术家司机一点都没含糊，一下子冲出车门，对方的司机也冲了出来，都是“路怒”啊，只是他们连看都不看一眼车的伤势如何，两只长满黑毛的大手紧紧地握在一起，寒暄着，不知道说到哪个可笑之处还笑得前仰后合的。至于他们是新朋友，还是旧相识，就不知道了，但有一点，不打不相识，两车相撞是前世修来的缘分的意思。寒暄片刻，然后恋恋不舍地分头开车走了。自始至终，没看一眼车撞得咋样了，也难怪满大街都是破车。埃及的街头，有不少中国产的车，中国和非洲的关系一直不错，车虽然是中国的车，开法还是埃及人的人开法，巨大声音的音响，摇摆的司机，仿佛整个车都在摇摆，都在轰鸣。

国外的车不但破，而且小。日本东京遍地都是小车，狭窄的街道，昂贵的停车费，让小车当道，反倒是到了日本的农村，农民开的都是豪华大轿车。我倒不是说我们开豪华轿车的成功企业家们都是农民。在法国也是遍地小车，不过我也见过两个开奔驰的，也开得很有水平，一辆奔驰的主人是一个比利时的艺术家，开着那种客货两用车，打开后门就是一个工具仓库，还有几块烂石头，车里也没有任何的装饰，没用的一点也没有。这让我想起了另一个一点装饰也没有的车——坦克。有一次，我在采访我军某装甲部队的时候，曾经钻进一辆坦克，坦克里面的空间狭小，侧身转身都难，空调也没有。随行的专家解释，为了火力和装甲，这里没有用的一点也没有，包括空调。把一个奔驰车当坦克开，是艺术家才特有的，不具备一般意义。

再说另一辆奔驰，这个倒是极品车，远远地开过来，油光铿亮的，等车一转头，你就要乐喷了。车后面拖了一个木制的马车车厢，除了车轮是橡胶的，其他的车板、车厢都应该是手工做的，用来加强的铁条、铁钉，锈得斑斑驳驳，木板被岁月侵蚀得已经发白、发干、发裂了。车开得快，都没来得及拍一张照片，奔驰马车就消失了。这个是把奔驰当马车开，还有把宝马当三轮车开的。这个奇葩就开在我们的长安街上，那时候我还在军博一带某电视台上班，走出地铁站，一标准的北京腔儿的板儿爷，喊着“宝马宝马，西站 5 块啊”，我定睛一看，一电动三轮，挂着一个不知从哪儿弄来的明晃晃的“宝马”标志，标志好像还是真的。还有开宝马拉黑车的，宝马是真的宝马，车价却是夏利的价，上车一问，这是北京郊区的哥们儿，家里的地被政府收去，补助一大笔钱，瞬间成了富翁，成了富翁也不忘本，黑车照常开，只是升级宝马了，就图一乐。

• 中美洲的奔驰货车　• 长安街的宝马三轮

4

是不是没有枪口的旅行不算真正的旅行

不仅老天爷每天给我们下马威，当地人也拿枪口对准了我们。

以前，读过一些游记，也看过几本旅游书，貌似在外面混的，要是没有被枪指过脑袋、死里逃生的经历，都不好意思说自己曾经是个“行者”。我其实是不大相信的，枪指着脑袋，万一走火是要死人的。我们的一些“行者”更是具备“小说家”的素养，而不具备“新闻人”的操守。反正，讲故事嘛，好听最重要了。

“旅行家”和“探险家”还是有着本质的区别，“旅行家”要的是“诗和远方”“酒和故事”的生活，别弄得血刺呼啦的。于是，总会有人问，在国外有没有碰到啥危险事？被枪指过脑袋吗？我好好想想啊。我是做过记者的，我要遵守“新闻人”的操守，做到烘托渲染，而不失实。常听人说，耳听为虚，眼见为实。其实未必。

早年，我曾经在日本采访过“二战”期间侵华的日军，先一个采访的是九州的日本老兵，老人的讲述平淡无奇：他原来是一个矿工，侵华期间主要是在一个云南的小城负责守备的任务，没有参与过战争。我们的摄制组千里迢迢来日本，是要揭露日本的侵华罪行的，不是听你的“异国趣事”的，经过我的追问和提醒，他终于想起了一次在小河边，和中国军人的遭遇战，原本只是来河边“取水做饭”的两个炊事员，发现敌情，胡乱打了两枪，就保命撤退了。还是做饭要紧。这样的采访，令人失望至极。下一个接受采访的日本老兵，仿佛知道了我的心思。还没等我问，就手舞足蹈地讲起了他的作战经历，讲到兴奋处，他还会模仿单兵作战的技术动作……结果，采访结束，老兵的儿媳妇给我们送出门的时候，抱歉地说：“XX 君，他说的你们也不要全信。”啊？

事实证明，面对采访者，即使是亲历者的讲述，也是有他个人选择性的，还有对提问者的迎合，和社会形式的需要。回头想想，如果是那些罪大恶极的日本兵，只怕已经得到了应有的报应，怎么可能活到现在，近百岁的样子呀？

再说说，我到底有没有被枪指过头呢？还真没有。但因为有些国家枪支管理的不同，有些国家刚刚经历过战乱，或者军事管制，有关枪的故事，还是有的。

• 对我们充满好奇的美少女

我第一次来到埃及的时候，正赶上埃及的前总统下课，政局颇为动荡。来之前，电视国际新闻的部分，大都是关于埃及的，满屏的硝烟和混乱。埃及的地理位置很特别。北面是地中海，很有名气的古战场，罗马帝国、奥斯曼帝国、马其顿帝国都在这里发家。东面是中东战争核心区以色列，大小战争，长年不断。南面挨着多事的苏丹，和海盗第一品牌索马里。西面则是风头最劲的利比亚。埃及本身也刚刚结束动荡。来埃及之前，朋友们都提心吊胆，当时的开罗街头还是五步一岗，八步一哨，各种制服的武装人员。有穿黑制服的，有穿白制服的，不知道啥区别，穿白衣的带短枪，穿黑衣的挎长枪，类似微型冲锋枪。有人还穿着便衣带枪，一天我和一位意大利雕塑家闲逛，走到一前后没有人、破破烂烂的地方，一大汉摁着腰里手枪就过来了，不是白制服，也不是黑制服，一身平民打扮。“Where are you from？”咱哪见过这阵势，乖乖地回答问题，乖乖地掉头开溜。我们所工作的地方，看起来要想祥和得多，不过在晚上我还是发现了一位穿着传统阿拉伯服装的上了些年纪的人，抱着一支类似三八大盖似的老枪，在我们附近走来走去。这是我们的守护神啊。

第二次遭遇盘查，是在伊朗。伊朗的文字书写，相当于我们的书法，独具一格。可贵的是商业的牌匾用的也是这种书写。对此不甚了解的我，每次坐车走在街上都像是参观一个流动的书法展览。有一天，我终于有机会一个人在街头闲逛，手里的相机自然对准了这些书法，正拍得起劲儿，被一个人拦住，在说明他警察的身份后，要求我出示证件。伊朗酒店住宿很古怪，自始至终我的护照都是押在那里的。我想警察也该了解，再问我要酒店的住宿卡，但是恰巧不在身上，这下可就没完了。我试图用衣服上带有创作营的 Logo 向他解释。他仿佛明白了似的点点头，我问："可以走了吗？"他马上摇头。我又展示给他看我相机中创作营的照片，有工作的，有作品的，有领导的，他也是啧啧赞赏，再问："能走了吗？"结果还是不行。我马上给伊朗的助手打电话，还好早有这个准备。让当地人帮我解释，他仿佛又明白了。但还是不让走。

警察不懂英语，旁边懂外语的帮助盘问，左一句，右一句，纯粹是热心，问完也就完了，没有结果。太阳底下，折腾了半天，良心发现，警察把我让到了树荫处，还给了我一瓶水。这还是不放我走的意思啊。他和几个人嘀咕了一会儿，然后让我跟他走，这难道是要把我拘禁起来，心中一惊啊。这可是挨着阿富汗、伊拉克和叙利亚的国家啊，极端宗教分子、ISIS、斩首一个个画面浮现在我脑海里。按说中国和这些地方关系不错，再加上不做亏心事，不怕鬼叫门。但是，谁说我没有亏心事。我在几年前曾经参加过以色列的雕塑活动，当时听说去了以色列之后，伊朗等几个伊斯兰国家就不允许你入境了。这次之所以办下来伊朗的签证，是因为我的上一本签证已满，其实组织者也知道我去过以色列，这个圈子也瞒不住，他一再叮嘱在我的履历等资料上把以色列抹掉。我这是要被当成以色列间谍啊……

想着想着，就到了地方。一看屋里的设备，我乐了，原来是个茶餐厅。警察给我点了几样甜点，安排一个人陪我，自己匆匆转身走了。点心味道不错，屋里很凉爽，老板也热情，但就是不能走。都说吃甜食，会让心情好起来，还真是，也不担心了，也不沮丧了，期待坏事变好事，权当是人生经历了。折腾一个多小时，终于政府来人把我领走了，后来打听才知道，我拍的路边的一些牌匾有的是军事设施。

都说中东乱，拉美不干了。确实，最大的死亡威胁，来自加勒比海的哥斯达黎加，哥斯达黎加算是这一带比较富裕的国家，其他类似于海地、牙买加则是穷得一塌糊涂。当地日头毒，海风大，每天一场大暴雨。独特的气候，造就每天傍晚都会有一场惊天动地的暴雨，云层又黑又低，暴雨又大又久，颇有世界末日的风范。不仅老天爷每天给我们下马威，当地人也拿枪口对准了我们。最美雕塑的诞生，都是伴着灰尘和噪音。谁家生孩子没有剧痛呢，顺着海风，切割石头的粉尘和噪音或多或少地飘到了海岸线上的一些民宅。这里住着一个“疯老头”，不是真疯胜似真疯，他扬言要拿枪杀了我们这帮石匠，保卫他们纯净安宁的家园。

哥斯达黎加没有军队，但是枪支的管理还是“美范”。疯老头有枪，也是尽人皆知。这“仇杀”谣言一出，我们迅速接到警告，首先不要从“疯老头”的窗前走过，避免成为靶子。雕塑现场也增加了很多的防尘、防噪音的设施，一方面是缓和与“疯老头”的矛盾，另一方面，也不至于让我们的大好头颅直接暴露在“疯老头”的枪口下。当地政府，还专门给我们安排了一支武装警队，24小时守卫。哥斯达黎加的警察大多是骑警，不是骑马，而是骑自行车，也是很有特点。这个没有军队的国家，警察承担着很多责任。中美、南美美女出名，黑帮也出名，哥国的街头很多民宅都是门前铁栅栏，墙头铁丝网，戒备森严。这个“疯老头”我们一直没见过，但是我们无数次脑补“一个疯老头拿着狙击枪在窗口瞄准”的画面。不是说死亡的威胁比死亡更可怕吗？其实不是，还是死亡更可怕。

• 骑自行车的警察

5

五朵金花

对于创作营的艺术家来说，没有什么比到当地人家做客更温馨的招待了。

对于创作营的艺术家们来说，没有什么比到当地人家做客更温馨的招待了。远离他乡，浪迹天涯，家的感觉是最好的了。中国有句老话：每逢佳节倍思亲。尤其是赶上过节的时候，创作营的组织者一定会有温馨的安排。

对于西方节日，我无甚了解，在我的经验里，这个时候在中国应该是泼水节。我曾经有幸在泼水节的时候在西双版纳工作，还记得早晨没醒的时候，有人敲门，打开门还没来得及看清是谁，一盆水迎头泼下来，泼水节的一天就这样开始了，从此一天的衣服就没有干过。此外，水族新年的时候去了在三都的水族县，彝族新年的时候在彝海边和彝族人一起吃坨坨肉，在林芝那里体会到了燃灯节。

这次，有幸在耶稣的故乡，受到当地人的邀

• 逾越节之夜

请，一起共度逾越节。以色列是一个宗教国家，假日休息是不折不扣的，连我们这样的临时外来人员，也一样。反正是去吃晚饭，也不知道啥由头，只是听一起工作的保加利亚艺术家说，这是一个和中国春节一样隆重的节日。我们赴宴去的是这次雕塑创作营的一个组织者的家中。这家的小别墅有快 30 年的历史了，但看起来没有任何老旧的痕迹，院子里绿树成荫，小孩子们快乐地踢着足球。家里的客人越来越多，才感觉到确实有些节日的气氛了。

我和这个家庭里的一个女婿，用英语半懂不懂地讨论着中日关系、德国与犹太人的关系。随着夕阳西下，我们依次落座，除了我们三个客人面前没有，其他人都有一本希伯来文的书。那个女婿，给我翻到中间的一页，大约是第 30 页的样子，对我说，念到这里才可以吃饭。看来能吃上饭还要等一些时候。

席上的男人们，包括很小的小男孩，都戴上了小帽，正式开始逾越节仪式活动。整个仪式都是在餐桌旁进行的。主持的是男主人，仪式很隆重，最长者点上蜡烛，男主人净手。时间一页一页地翻过去，或念或唱。我也看看书的内容，有插图的，画的是一些疾病战争之类的。大约 20 分钟后，我们终于盼到晚餐，佐餐的是红酒和白酒。菜肴依次是鱼肉、汤、羊肉、鸡肉、土豆、沙拉，并且有甜点和咖啡收尾。但是这个收尾没有那么简单，刚才那本才念了 30 页的书，要全部念完才会到咖啡时间。因为已经酒过三巡，桌子上的气氛明显活跃多了，在此之后的宗教仪式活动则充满了欢声笑语，整个活动也从简了许多，虽说从简也持续了大约 30 分钟。听说是一首很长的歌仅仅唱了一个开始。要是全唱完，天都快亮了。漫长的晚餐，一次地道的犹太家宴。还有一次，则是阿拉伯之夜。

活动期间，我们还到了一个阿拉伯艺术家家里做客，地中海的美女，也是名动天下，这家更是美女如云，我们是在艺术家的院子里进行的聚会，当时已经吃过晚饭，只听主人一声令下。瞬间莺歌燕语，一个个身材高挑、曲线玲珑、衣着时尚的地中海阿拉伯美女，穿梭般地把给我们准备的酒和一些点心端了上来，开始还以为是哪里找的礼仪小姐呢，心想也不用这么隆重啊。后来一问，原来都是自家妹子。从大姐到五妹。在 16 岁到 24 岁之间，全部是如花似玉的年龄。东西准备停当，分头陪我们这些艺术家坐下来。主人给我们一一介绍家人，主人家除了五朵金花之外，最小的是个宝贝儿子。年纪十三四的样子，原来这个阿拉伯家族也是重男轻女的，五朵金花名字翻译成中文应该就是招弟、盼弟、望弟、念弟、领弟吧。这算不算是封建旧俗哇。我试图把中国一句老话“不孝

• 五朵金花之大妹、二妹、三妹

有三，无后为大”翻译给他们，最后没能成功。

这个家庭让我们了解了阿拉伯人的另一面，也很时尚，当时还有一个阿拉伯小伙子，是某弟的男朋友，他是个以色列军人，给我秀了他的肌肉和一张执行任务时的照片，并叮嘱我不要把他的照片在网上公布出来。我第一次知道，以色列的军队中，有不少阿拉伯人，阿拉伯人口占以色列总人口的 20%，算少数，并不算极少数。

说到以色列的寻常百姓家，还有一种家庭是最神秘的，我们没有机会一探其根源，但他们在街头一过，就已经是一道独特的风景了。最夸张的一次。我仔细数数这个家庭有 10 多人，男主人黑衣黑裤，戴着黑色礼帽，两鬓两缕长长的头发，浓密的大胡子。一般男主人会领着个刚会走路的孩子，女主人则抱着不会走路的孩子，大一点的孩子推着婴儿车，其他不大不小的孩子三三两两地牵着手，小男孩的服装也是黑衣黑裤，只是没有浓密的大胡子（以后会有的），一家人慢慢悠悠，不急不慌。据说这是极端正统的犹太教家庭，最多的会有 20 多个孩子，而且还不从事工作，只钻研律法。这样的画面，也只有在以色列可以看到，至于耶路撒冷的街头就见怪不怪了，区别只是男主人的年龄决定了家庭的规模。

6 快乐的单身汉

一个人的生活背景决定了一个人看问题的角度。

艺术家的生活从来是令人向往，可望而不可即的。多年前一部《东边日出西边雨》，让我们这群和泥巴打交道的人获得了意想不到的尊重，成为那些浪漫主义小女生心中充满乡土气息的白马王子。像我们这样的艺术家，用当下时髦的话讲，就是很天真，而不是无邪，可以用鹤发童颜来形容我们，一群满脸花白胡子的老头，依然有孩童般快乐的微笑。每天工作之余的生活，也会自得其乐。

我们住的地方，相当于在“棉花堡”的景区里面，棉花堡在中国人的心目中一定不陌生，罗马帝国时期的皇家度假中心。这里的温泉比小汤山的牛多了，长年累月把整个的山都染白了，说来也是我无知，在最初的几天里，每次我看这“雪山”的时候，主观认为是由于乱砍滥伐，乱采乱挖，把好好的一座青山，

• 棉花堡

给挖得千疮百孔，我一直以为这是富含石灰石的矿山呢。一个人的生活背景决定了一个人看问题的角度，所以我们中国人经常用阴谋论的观点看待事物，也是事出有因的。

如果有的时候收工早了，还没到晚饭的饭口，我们几个会去“棉花堡”的景区，泡脚看人。啥叫“泡脚看人”？棉花堡的温泉富含那什么和那什么，记不住，就是好，从山上流下来的温泉遍地都是，坐在泉水边，泡着脚，分析着来往的各路人马。教外国人如何区别东亚人，外国人看我们，和我们看欧洲人是一样的。分不出东南西北欧，也分不出中日韩。在国外的景区，中国人是好认的，首先是老年男人染头发，你看来了一群人，正好和鹤发童颜相反，青丝老颜，对，恭喜你，那一定是中国人，台湾人说，男人只有死了才染头发，这话也够损的。还有一个特点，日韩旅行团老年人居多，年轻人当然也旅游，但是大多属于背包客、独行侠。我们大陆的团，会见到成群的青年，这和我们的经济发展有关，再就是我们的人英语都不好。对我们来说最容易选错的是新加坡来的游客。猜一次，错一次。这种极其无聊的儿童游戏，我们是乐此不疲，逐渐开始发展到分析欧洲人还有中东人。

• 吃也吃不完的果子

宾馆的门前有一片绿藤，遮阴，美化，偶尔这些绿藤会结一种果实，果实分两种颜色，紫黑色和乳白色。在中国，叫作桑葚。每次出门或者回来，我们都会把脑袋扎到绿藤中，寻找桑葚。原本这些无人理睬的路边野果，因为我们的经常光顾，也引起其他人的兴趣，东西还是抢着吃才香。说是寻找桑葚，用词不当，眼前除了绿叶就是桑葚。大家知道的，桑葚很柔软，你还不能像吃其他水果一样，晃一晃，打一打，然后在地上捡。等到落在地上就不是胜利的果实了，是胜利的残骸。阳光透过绿藤，穿过桑葚，落在一张张的老脸上，每条皱纹里都充满兴奋，又聚精会神，先分析哪个桑葚熟得恰到好处，再用手指一碰，然后小心接在手中，放到嘴里。

记得人参果是怎么吃吗？遇金落、遇木枯、遇土入。即使再小心，还是会有无意碰落的桑葚砸在身上，这就是真正意义的挂彩了，纯天然的染料，还不易掉色。走过路过，都不会错过，每次经过都是一番扫荡，每天都是新鲜的，不但新鲜，而且干净，原本就没什么灰尘，酒店的工作人员天天早上都要给绿藤浇水，又把桑葚清洗了一遍，吃归吃，并没人把它们采到屋里吃独食，在物产极度丰富的时候，共产主义还是靠谱的。桑葚取之不尽，就算是我们每天都要来吃，依然会有很多成熟的桑葚散落在地上，地上是点点紫红，或点点棕黄。

这样的采摘季节一般都是在 5 月末，这个时候在我国的西藏，正是采虫草的季节。再过几天，就是采贝母和雪茶的季节了。忘了说，我是东北农学院毕业的，那时候我们习惯管自己的学校叫作“农家大院”，对农业的热爱就是从那个时候开始的。采雪茶很简单，遍地都是，就是太小，花了很多的时间也不会有很大的收获；贝母就麻烦一些，一般川贝都会长在灌木的根部，露着一个小头，你要仔细地把它挖出来，而不要搞断它。一次，我在小心地挖贝母的时候，不小心用手摸到一只蚯蚓，软软的、黏黏的、腻腻的，挖贝母的胜利感荡然无存，那感觉就是嗑瓜子嗑出了一只臭虫。说一次就起一身鸡皮疙瘩。

后来，我把采桑葚的照片发在博客上，一位好心的博友警告我，那里面藏了好多好多的白白的小虫子，要用盐水浸泡，然后等小虫子爬出来以后再吃。如果看到那么多小虫子爬出来，你还敢吃吗？又是一身鸡皮疙瘩。

7

伏尔加河畔的渔夫

老渔夫这种对自然和生命的尊重，其实也是对我们自己的尊重。

《伏尔加河上的纤夫》这幅画，让这条欧洲的河流在中国家喻户晓。我去年来的时候，在去奔萨工作之前，抽空去了一趟雅罗斯拉夫尔，一座莫斯科北面200多公里的小城，就坐落在伏尔加河畔，这也是一个极少被中国人关注的小城。来此的目的，就是想朝拜一下心目中传说一样的伏尔加河，看能否找到苦难深重的纤夫的痕迹。后来才知道，这个城市真正引以为傲的是他们的冰球，虽然城市不大，却有着欧洲顶级的冰球职业队。

到了雅罗斯拉夫尔，已经是晚上了，虽然时值盛夏8月，但这个城市的早晚已经很凉了，这几乎是一个没有夏季的城市。难怪这个州的州徽是一头熊，呵呵，棕熊，并不是白熊，说明还没有进入北极圈。

• 伏尔加河

夜晚的街头遍是滑轮滑的人，有的成双入对，用轮滑鞋表演着冰上舞蹈，更有一个老者，在旱地滑雪，仔细观察了一下，雪板是个类似于滑板的东西，带有轮子，这一幅幅画面，在一两个醉鬼的点缀下，安静又生机勃勃。真的可以感觉得到，这个城市的人民是多么喜欢冰上运动。

第二天，起了一个大早，在没有酒鬼影响的情况下，来到了伏尔加河河边。朝阳把河水、游轮、教堂，洒上了一片金色，阳光从白桦林的缝隙穿过，在沙滩上划下一道道光痕。我坐在沙滩上，旁边是一个钓鱼的俄罗斯老人，纤夫没有找到，却找到了渔夫。谈话间，鱼竿上的铃铛响起，收线拉竿，一竿双鱼，一双毛茸茸的大手伸向一条小一点的鱼，熟练地摘下鱼……扬手抛向了伏尔加河，阳光下金色的汗毛上挂着的几点水珠也随着这条小鱼，飞向这条俄罗斯的母亲河。很感动老渔夫这种对自然和生命的尊重，其实也是对我们自己的尊重。

早晨的伏尔加河很美，雅罗斯拉夫尔也很美，最让我感到亲切的是它像极了我的家乡哈尔滨。甚至连我住的宾馆，那座建筑厚厚的墙壁，都和我童年的记忆一模一样。我童年的时候就住在一栋两层楼高的俄罗斯的建筑内，在夏天的时候，一进楼的大门，酷暑就被关在了门外，墙壁足有一米多高，再烈的

• 城市一角

日头也刺不穿它。楼里的房门高得跳起来也摸不到门框，连窗户都有一人多高。不过，这座预计几百年阳寿的建筑，早早地在城市大发展中夭折了，享年不过百十岁。

这座以冰球为骄傲的城市，发生过冰球史上最大的悲剧，甚至是世界冰球史上最大的悲剧，一架满载雅罗斯拉夫尔冰球队的客机，在起飞仅仅 500 米后就坠毁在伏尔加河畔。遇难者不仅有俄罗斯的冰球精英，还有德国、捷克、乌克兰等国的顶尖高手，要知道这支冰球队曾多次夺得全国和洲际的冠军，俄罗斯全国一片哀声。巧合的是，伏尔加河的河畔在此之前已经有一座空难的纪念碑。在 20 世纪 90 年代初的时候，有一个快要退休的空军飞行员，在他的告别飞行时，飞机就坠毁在他妻子和家人面前。为了纪念这一事件，在伏尔加河边耸立着飞机机翼。

• 旱地滑雪的小伙子们

伏尔加河：

位于俄罗斯西南部，是欧洲最长的河流，也是世界最长的内流河。伏尔加河通过伏尔加河—波罗的海运河连接波罗的海，通过北德维纳河水系接通白海，通过伏尔加河—顿河运河与亚速海和黑海沟通，所以有“五海之河”的美称。伏尔加河在俄罗斯的国民经济和人民的生活中起着非常重要的作用，因而，俄罗斯人将伏尔加河称为“母亲河”。

《伏尔加河上的纤夫》：

伊里亚·叶菲莫维奇·列宾的代表作，也是他的成名作，现实主义绘画杰出的代表作之一。画面上展示的是：烈日酷暑下，漫长荒芜的沙滩上，一群衣衫褴褛的纤夫拖着货船，步履沉重地前进着。一曲低沉的号子在炎夏的闷热中与河水的悲吟交织在一起。

• 老渔夫

8

钢铁是怎样炼成的

这是我第一次独立完成金属焊接的雕塑，艺术还在其次，安全要摆第一。

创作营的雕塑讲究的就是现场制作，现场完成。石材、金属焊接和木头就是创作营比较钟爱的材料，奔萨的创作营材料五花八门，因为一年前我已经完成了一件大理石的雕塑，这次我将向金属焊接挑战。

在我还是中学生的时候，我就和我做水暖工的老爸一起焊东西了，气焊和电焊都见过，不过我基本都是在打下手，当时还算是个不错的童工。生活在经济条件不是很好的家庭，大多孩子都有过勤工俭学的童工经历。我可能有必要解释一下，啥叫电焊、气焊。电焊就是用电的正负极产生的高温，熔化焊条对钢板进行焊接，气焊就是以乙炔作为燃料，氧气助燃产生高温的焊接法。也就是，

· 金属焊接雕塑

你看到焊接时有两大罐子气体在一边的就是气焊。其实我一直对电焊、气焊充满恐惧，不是怕气罐炸了，就是怕连电了。

我最早的一件创作营金属作品还是在埃及，作品坐落在离金字塔不过几十公里的地方，那次创作营是有助手的，我也亲自动手焊了一点，找了找感觉，虽没吃过肥猪肉，还是看过肥猪跑的。因为有助手，雕塑的体量就比较大，有九米多的样子。金属焊接的雕塑最大的优点就是可以体量做得很大，空间感很强，很大方，缺点是不够细腻，在多雨、多酸的地方长久保留也是个问题。

这次焊接其实是我的处女作，我之前并没有独立完成过金属焊接的雕塑。

当时的奔萨阴雨绵绵，几张准备好的钢板扔在工作区地上，低洼处的就直接泡在水里。为了赶进度，我不得不在潮湿的环境下工作，“朴素”的物理知识告诉我，水是导电的，我担心带水作业，会不会电到我自己，如果你是一位懂得电焊的读者，你一定笑了，嘲笑我的无知是吧。我此时也真的无知，既不敢贸然行动，也不好意思去问其他国家的艺术家，组委会是把我当作成手请来的，可不是实习生。无奈，远隔万里把电话打给了已经金盆洗手多年的老焊工——也就是我爸，家丑不能外扬，露怯也要露在家里。这里补充一下，焊工和水暖工有很多相似之处，都是和铁家伙们较劲儿，真后悔当年做童工的时候，没有多学习一点。当时以为等我考上大学，一定是做白领的，老爸也没想过，转了一圈我还会子承父业，这书念的，念回来了。“劳心者治人，劳力者治于人”这中国的老话，也不都是对，我洒我的汗，干我的活，我怎么就低人一等了？劳动人民最光荣。

前几天的焊接，我在摸索中前进，因为毕竟不是很熟练，常常被电焊刺眼的亮光打了眼睛，不过也就仅此而已，我的彩色小铁人慢慢有了模样。我的雕塑成品要有六米多，也算是个大家伙了，艺术还在其次，安全要摆第一。其实别的我不怕，怕万一焊的雕塑倒了，砸到人咋办？几年前，有个海南的雕塑不就倒了吗？我把这个担心婉转地向组委会的主席进行了表达，组委会的尤里还是很理解我的，专门给我安排了一位经验丰富、工作踏实的老工人，看起来像布尔什维克一样。年龄和我老爸相仿，这年龄，看起来就有安全感。事实证明我的判断是正确的。老人不懂英语，更别说中文了，不过我们用手语解决了很多问题，不用总去打扰美女翻译。金属焊接的几个雕塑体量都比较大，焊接的过程中又总是需要有人帮助扶着，其他的几个金属焊接艺术家也都是有助手的。因为我要提前结束奔萨的创作营奔赴诺曼底，工期就自然比别人紧了很多，后来

• 和助手们在一起

的日子还是隔三岔五的就下雨，很多工作无法展开。即使是到马上要走的几天，金属表面的着色，还是没有完成。没办法，后续的工作只能交给老婆了。自己人也不需要客气，钱的事也好商量，照旧全部上缴。隔天我就起程去西欧了，奔萨创作营再继续，故事也在继续，老婆不但帮我完成余下的雕塑，也帮我写了下一节的故事。

《钢铁是怎样炼成的》：

苏联作家尼古拉·阿列克谢耶维奇·奥斯特洛夫斯基所著的一部长篇小说，于 1933 年写成。小说通过保尔·柯察金的成长道路，告诉人们，一个人只有在革命的艰难困苦中战胜敌人也战胜自己，只有在把自己的追求和祖国、人民的利益联系在一起的时候，才会创造出奇迹，才会成长为钢铁战士。革命者在斗争中百炼成钢，是小说的一个重要主题。

布尔什维克：

在 1903 年俄国社会民主工党第二次代表大会上，一个新型的无产阶级政党——布尔什维克党宣告诞生。布尔什维克党的建立是俄国工人运动史上的重大转折点，推动了俄国革命运动的发展，它不但对俄国革命历史的进程而且对后来的整个国际共产主义运动产生了深远的影响。

9

采蘑菇的小姑娘

采摘，免费的，想想都兴奋，一群人在高蒙老师的带领下，浩浩荡荡地出发了。

在奔萨的创作营，有好几个中国人，其中一个就是高蒙老师。他通晓欧洲史，更是俄罗斯通，在这个创作营里他也是资深艺术家。到了营地的当晚，高老师就提出带我们去摘苹果，说这里的野生苹果多得很，都没人摘，最后只会烂在地里，绝对的绿色食品。作为中国人的我们立马睁大双眼，还有这等免费的好事？我都有些半信半疑，因为在国内野生的东西不到深山恐怕看不到，如若路边长出个向日葵，或者某个农户的果树探到墙外，那一定会在未成熟时就消失得无影无踪。要想让孩子享受采摘的乐趣，就要到农业园、葡萄园，门票很贵不说，最后采摘的蔬菜、水果也不是什么绿色无污染。

免费的，想想都兴奋，于是我们兴奋地上路了，队伍在不断地壮大，中国大陆的四个，

中国台湾一个，韩国三个，浩浩荡荡一行亚洲人奔向美妙的野生苹果采摘地。一路上，我们不断地拍照、合影，用不太好的英文交流着，开心地笑着。在田野里走了半个小时吧，终于到了目的地。苹果树很多，茂盛地生长，就是没有一个苹果，高老师不好意思地感叹说：“那是今年没长，果树有时会休息一年，不结苹果。”果树专家们，他说的是真的吗？哈哈哈哈，我并不是很失望，因为真的有满树的苹果我会更加意外。艺术家们不甘心结束此行，于是我们摆着各种摘苹果的姿势拍照，每个人的手里都有个隐形的苹果！

工作一段时间之后，大家对自己的作品完成进度更加有数，便轻松了许多，高老师又说：“我们采蘑菇去吧，这里的蘑菇多得很，俄罗斯人懒得采。”对于采蘑菇我是有些经验的，记得小时候，总是在雨后清晨和小朋友们成帮结伙地去采蘑菇。蘑菇不多，再加上没有经验，总是自己脚边的蘑菇被别人以迅雷不及掩耳之势采走，又后悔又生气，总之每次采的蘑菇都不够做一盘菜。之后也是，听说哪里有蘑菇，就有很多人去采，妇女儿童一大帮，真的是比蘑菇还多……虽然上次的苹果没有摘成，对高老师的信任依然不变，还是摘苹果的原班人马，开进河对岸的白桦林。记得那首朴树的《白桦林》吗？触景生情，哼哼着调，歌词记不住了。

一路穿草地，两腿泥都不必说了，到了树林里，那蘑菇的数量真是我有生以来看到的最壮观的，仿佛是种在里面的，一个挨着一个，你大可以站在一个地方，只转一圈便采一袋子，无须走路。但到那时我们露出贪心挑剔的本性，我们只采不大不小的，过老了小伞裂开的不要，上面沾着树叶的不要，看着长得不好看的不要。在这里没有最好只有更好，就算这样挑三拣四，也没多久我们就都采满了袋子。这期间没看到我们之外的任何一个人来采蘑菇，树林里只有我们的惊叹声、笑声，拎着满袋的蘑菇，在路边我们装作卖蘑菇的，可是生意不好，后来只有我们自己人互相扮作卖家和买家，拍照合影，以表示不虚此行。

回到创作营，就是一顿显摆，给大家看我们的累累硕果，看着外国人丰富夸张的表情，心里是相当的满足，我们把蘑菇送到餐厅的厨房，期待着每天一成不变的伙食有新菜出现，尤其是蔬菜，绿色野生环保，在国内得卖多少钱哪！之后还发到“非死不可”（Facebook）上。当餐盘中出现蘑菇的时候，我们拿着相机给那些没见到鲜蘑菇的艺术家看，意思就是“看啊，这道菜是我们采的，别吃瞎了”，借此接受着大家的感谢和感慨。虽然蘑菇料理的味道非常一般。之后我们就讨论，真的是俄罗斯人很懒不去摘苹果、采蘑菇吗？如果食物匮乏的话，谁会不采摘呢，人家这里是真正的地大物博，人口不多，所以资源显得多到无限，我观察这里的黑土地比我们黑龙江的土地还黑，真能榨出油来，却在大面积地荒废着。再看我们的祖国人口众多，最怕算的数据就是人均了，这么一均就把资源均没了，也真是没办法的事。

如何鉴别毒蘑菇：

毒蘑菇一般比较黏滑，菌盖上常沾些杂物或生长一些像补丁状的斑块。菌柄上常有菌环（像穿了超短裙一样），颜色多呈金黄、粉红、白、黑、绿，有土豆或萝卜味。

无毒蘑菇很少有菌环，多为咖啡、淡紫或灰红色，闻起来为苦杏或水果味。

如果不慎误食了有毒蘑菇，应及时采取催吐、洗胃、导泻等有效措施进行处理，并及时送医院诊治。

10 飞机惊魂

空乘人员对返航的解释是：
目前，飞机没办法接收到来自地面的任何信号，必须返航。

我的创作营之路，算是农村包围城市。类似像法国这样具有悠久的艺术传统，产生过罗丹这样的巨匠，拥有艺术殿堂卢浮宫的文化大国，我还是第一次去，也是第一次接触核心的欧洲文化。

从莫斯科去巴黎，我选择的北欧挪威的航班，从奥斯陆转机。这个古怪的航空公司居然不提供航空餐，想吃？花钱。羊毛出在羊身上，也许是我们的打折机票太便宜了，航空餐也就省了。在奥斯陆的机场，放眼望去，满眼的树木，这就是鼎鼎大名的“挪威的森林”吧。挪威足球很出名，有个很霸道的外号“北欧海盗”，与森林无关。奥斯陆再次登机，前方就是巴黎，可是飞机停下来的时候，迎接我们的却是荷兰人民，机场是“阿姆斯特丹”，原来是飞机出了故障，紧急降落在了荷兰机场。航空公司的工作人员开始告诉我们等候其他航班，等了两三个小时，等来的是两辆大巴车，车挺大，飞机装的人还挺多。这时候已经是晚上九十点钟了。看来我巴黎的浪漫之夜泡汤了。到了大巴车上，居然没有一个航空的工作人员，乘客怒火也不知道向谁发。这是一个俄罗斯飞往法国的飞机，机上的主要语言就是俄语和法语，就我一个中国人，牢骚也没得发。熬了一夜，早晨六点，大巴车到了戴高乐机场。噩梦一样的旅程还在继续。

从巴黎到诺曼底一路无事。

创作营结束的时候，一个法国艺术家把我送到巴黎的地铁站。谁知道，准点率最高的地铁居然坏了，我一个人拎着一大堆行李，经验告诉我，其他拎大包的也一定是去机场的，找到一个看起来忠厚老实的人跟在他后面。左拐右拐，来到一个小街上。小街上停着一排排的大巴车，每次关键的时候都是大巴车出来救驾。看得出，地铁上的人比飞机上的人多多了。地铁的工作人员给我们每个耽误行程的乘客发了饼干和糖果，送我们上了大巴车。比挪威航空公司讲究。我们的航空公司一定要向人家好的方面学，飞机晚点了，也要发点饼干、糖果，算是安慰了。

航班是从巴黎到北京的，在莫斯科转机，阔别敬爱的祖国一个月了，有点归心似箭啊。当坐上飞机的时候，我已经闻到了北京炸酱面的味道了。从莫斯科到北京要飞 7 个小时，俄罗斯航空公司的飞机上每个乘客都有一个显示器，除了可以看电影等娱乐之外，还可以随时了解飞机的所在国度、海拔等。飞了 3 小时 30 分钟的时候，显示器上显示飞机应该已经接近我国新疆的上空。忽然，广播里传出来飞机将要返航的消息。

都飞一半了，怎么忽然要返航啊。发生了什么紧急情况？

恐怖分子？不像啊。

就算有其他的突发状况，可以就近找一个机场落下来啊。

…………

种种猜测。

空乘人员对返航的解释是：目前，飞机没办法接收到来自地面的任何信号，必须返航。也是，这种事从来都是机组人员说了算，不会让乘客举手表决展示民主，返航就返航吧。眼前的显示器上，飞机画了一个优美的 U 形掉头往莫斯科。虽然，没有乘客表示不满，估计也不敢表示不满。但大家都私下纷纷议论，到底发生了什么？我脑海中顿时浮现出《紧急迫降》《死亡航班》《绝命大北极》《紧急降落 174》等以前看过的所有关于空难的电影。以前在飞机上不屑一顾的安全须知，此刻也认真地看起来，一看都是英文、俄文的，那个后悔啊，以前坐中国飞机的时候怎么没有好好学习。我见空乘人员经过时，有事没事就搭讪几句。关键是想从语气里听听有没有紧张的成分，电影里，飞机出了问题，空乘人员都是故作镇静以稳住局面，也是维稳啊。

看不到有什么异常，飞机飞得依旧平稳，天空万里无云，一片大好，云彩都在飞机下面呢。大家也逐渐地平息下来，开始抱怨误机可能带来的种种后果了，有的误了下一个航班，有的误了欢迎的晚餐，有的耽误了孩子的家长会，有的耽误了席梦思上的春秋大梦，我则是耽误了和阿根廷大使馆约好的面签。

又飞了 3 小时 30 分钟，广播提醒：飞机将要降落在莫斯科机场。大家的心又提起来了，不是收不到地面信号吗？咋降落啊？都说俄罗斯航空口碑不好，看来不能图便宜啊。想着想着，飞机就着陆了，舱内响起热烈的掌声，这是俄罗斯航空的规矩。大概是“可算活着回来了”的意思。着陆，换飞机，再起飞，一气呵成。7 个小时的行程变成 14 个小时。还好，没有要双份机票。

11 铸剑大师

老者鹰鼻深目，矮小干枯，青筋暴露的手中握着一柄铁锤。

一棵古树。

一条驿道。

一个火炉。

旁边蹲着一个七旬老者，老者鹰鼻深目，矮小干枯，青筋暴露的手中握着一柄铁锤。对来往行人一言不语，专注地敲打着一根通红的玄铁。难道这根玄铁就是传说中的碧血、寒冰、倚天、屠龙、干将、莫邪……剑。

这不是古龙的武侠小说，这个疑似小说情节的画面，却是实实在在地出现在我们面前。当然不是玄铁，也不是干将、莫邪。老人是给我们创作营服务的一个铁匠，印度人种，鹰鼻深目也不稀奇，一言不语，那是因为他不会英语。至于通红的铁条则是帮我修理石雕的工具。每个创作营都有给我们提供工具支持的工作人员，如果工具有点小问题，或

• 大师

者不够锋利，需要打磨，都可以找他们。一般情况，是在一个工具间，墙上摆满各种工具，工作台上是打磨用的砂轮或者机床。像这么原生态的，我还是第一次看到。

老人在路边挖个坑，生一炉火，摇着用自行车圈改造的手动风箱，一手拿着铁钳夹着通红的铁条，一手抡着短柄的铁锤。金属之间发出有节奏的叮叮当当的声音，间或传来把铁条扔在水里的“吱吱”声，随即升起一缕白烟。反复多次，一个钢口不错的錾子就锤打出来了。有个词叫“千锤百炼”就是说的这个过程，现在我们已经很少能见到了，在尼泊尔这种手工匠还是很多。组委会给我们每人发了一个小的工具箱，也是那种用洋铁皮手工敲出来的，很有纪念意义。所以建议那些去尼泊尔旅游的人可以买一点手工艺品，趁着尼泊尔的大工业时代还没有到来。

这种原生态，给我们艺术家带来的不过是一幅优美的画面，真正工作起来，弊端就出现了。现场的电时有时无，一停半天电是常有的事情，这半天，你就只能抡着铁锤，手动敲打石头。一砸一个火星、一个白点，天啊，当年没电的时候，石匠是怎么工作的啊！就算有电的时候，电压也是很低，你手里的大切割

• 一个人干，十个人看

机只要一用力，锯盘就“嗯……”委屈地停止了工作。忙抬起来，才又恢复了运转。就这么转转停停地干着，倒也不累。

这次创作营，我遇到了一个前辈，日本艺术家衫本，这个日本老人在 1979 年的时候组织了日本最早期的雕塑创作营。那是“骨灰级别”的创作营了。时隔几十年，这样的创作营在尼泊尔再现，日本老人很多古老的工作方式，起到了很大的作用。比如说，工作半个多月了一直没有起重设备，小的石头，就约三五十个小伙子，再加上艺术家，利用杠杆原理翻动，“翻石头那个嗨——呦，做雕塑那个嗨——呦”的场面，应该很像“工业学大庆，农业学大寨”的时代吧。大一点的石头，采用的就是滑轮的原理。先支起一个高高的铁架子，安上看不明白的动滑轮、静滑轮，居然一个人可以用铁索拉起几吨重的石头，劳动人民真伟大。想想，这些简单的物理知识，都在初中就学过，只是很少用到实践中来。

总之，尼泊尔的创作营是一个复古风格的创作营，不仅能看到雕塑创作营的发展史，连金字塔、古长城，世界七大奇迹如何建设的奥妙，也一并解开了。艰苦的环境开启了人类的智慧。

• 我们工人有力量

12 走在印度的大街上

我对于旅游景点的兴趣，不如在街头走的兴趣浓。坐坐公交车，看看菜市场。

我对于旅游景点的兴趣，不如在街头走的兴趣浓。坐坐公交车，看看菜市场。走在印度街头的时候，我突发奇想，应该给这些城市授予“中华人民共和国爱国主义教育基地”的荣誉称号，因为每个来过印度旅游的人都会感觉生活在祖国的红旗下，真的很幸福。爱国教育，事半功倍。

印度的公交车因为轮奸案而臭名昭著，体会印度的公交车，倒是一个我充满好奇的想法。新德里城区的公交车，和我们的没什么区别，也有那种我们叫“三蹦子”的电动三轮车，和我们不同的是，这是合法的，还有计价器，不过可以讲价的。我们坐了一次像以前国内那种小“面的”的汽车，不过不是四轮汽车，是三轮的，没有门，只有顶。车子，也是根据车站停，不大的车子挤满了人，人

• 印度街头看起来很美味的小吃

与人亲密无间。男女授受不亲，你就别想了，车子低得你也站不起来，只能坐着，外面的一切你都看不见。总之，挤！试问和北京地铁哪一个更挤？嗯……不是一个挤法。

印度还是购物的天堂，有特色，价钱也不昂贵。在各国买一点酒回国，和家人分享，是我一直以来的习惯，但在印度很难找到卖酒的地方，多方打听，才在街头找到一处，挺显眼的，没有什么标志，却挤满了人，没看到女的，也看不到里面都有什么酒可选择，有点抢购的感觉。每个抢到酒的人，赶紧把酒塞进怀里，我也挤在人群中买了两瓶，塞进包里。这期间，旁边一直站着两个警察，倒也不说话。弄不懂这是违法还是不违法。在尼泊尔的时候也类似，我也买过酒，一般小店里，都不会摆出来，你问的时候，会从箱子底偷偷地给你摸出来一瓶。我知道，巴罗达是完全禁酒的，以至于我们在那里过元旦的时候，都要偷偷地躲到屋子里面去喝，这是因为甘地的原因，对肉食，他们比较少吃，甚至在教科书上都有素食主义的宣传。

吃喝拉撒，从来不分，印度街头的厕所，就有特点了。他的厕所介于有和没有之间，这种厕所是为男人准备的，因为只有小便池，没有围墙，而且专门设在繁华地带。走到那里，背过身去，就可以了，你身后人来人往，生意兴隆，冷不丁“哗哗”一次，心里还挺有障碍。这看起来和往墙根撒尿没什么区别，还不是背人的墙根。至于女人的厕所，找起来就比较困难，女人是不是不大出门啊。大庭广众之下明目张胆地大小便，我见过三次，另外两次，一次是在拉萨街头，一位藏族大妈裙子一摆，当街解决，这是老年人早期的一个习惯，现在是少之又少了。另一次，是东京街头，没错，东京。它略有不同，应该还算是厕所，整洁、干净，但是男小便池在男女厕所的中间，和公开场所没啥区别，男男女女在你身后走来走去。这是日本节省空间的又一经典案例。

再说，印度街头，牛是不能不提的。新德里作为国际都市，核心区已经做出标志“牛，禁止入内”，牛看不懂，给人看的，再加一道围栏，就得了。没有牛的印度城市，就不是纯粹的印度城市。

回头看看，我在其他地方看到的印度神牛吧。神牛大体分两种，一种像我们中国南方的水牛，朴实低调，一个硕大的牛头永远低低地压着，一般“勤劳、坚韧，吃的是草，挤出来的是奶，俯首甘为孺子牛”这类的评价说的就是这种牛，中国人民的象征，低头做事，下一句，抬头做人说的则是另外的一种牛。这种

- 城市户口的牛
- 农村户口的牛
- 牛和狗相安无事
- 牛和鸟其乐融融

牛属于南亚的特色，它有一颗高高昂起的头，身上的皮毛分银灰色或者金黄色，无处不透着贵族气质，它最显著的特征是肩部有一块硕大的肉瘤，按中国人的饮食方式，这个肉瘤应该是可以和驼峰、鹿尾、犴鼻齐名，位列“山珍”。还好，它的原产地在喜马拉雅山脉的另一侧，这里的人对吃没有那么感兴趣，再说，这里的牛叫作“神牛”，在印度人心目中有着特殊的地位。但有一点看不懂，地位这么高的牛，在城市中享受的却是城市中的垃圾，吃的是垃圾，住也集中在垃圾堆的附近，牛在垃圾堆中寻找食物的样子，让人想起了中国的垃圾猪，垃圾猪在国内曾经是屡遭抨击的。

我做媒体记者的时候，曾经见过那些在垃圾山上奋力觅食的垃圾猪，和那些圈养的猪比起来，垃圾猪有着同类无法比拟的自由，可以呼吸有机垃圾的味道，可以向勾兑的猪饲料说不。猪作为杂食动物，有着和人类最相似的饮食习惯，在垃圾中可以寻找到多样的“营养”来源，猪鼻子天生就具有拱、翻、掘、挖的功能。在印度，我很少见得到猪，有的时候可以看到骆驼拉的车在大街上飞奔，骆驼宽大的脚掌，落在柏油马路上，悄无声息。骆驼大步流星，快而不急，骆驼车比马车高了很多，地盘离开地面得有一米。在众多的畜力车中，它算得上是“高富帅”了。

• 骆驼车

No.4

生物和几何

简单来说，就是一个人，或者两个人，和一个方盒子或者两个方盒子的关系。人是生物，方块是几何。延伸了说，雕塑展示的就是人本身和外界事物的关系，以及通过外界事物展示人和人之间的关系。

俄罗斯 · 奔萨《穷开心》

俄罗斯 · 奔萨《打起来就走》

俄罗斯 · 奔萨《两只蝴蝶》

印度 · 巴罗达《飞得更高》

① 打起来就走

奔萨雕塑创作营，因规模大、延续性强、艺术种类多，在国际雕塑圈子里颇有影响力。

8 月的北京还是很热的，奔萨已是凉风习习，而且整个夏天都是凉风习习。奔萨的位置在莫斯科南大约 600 公里的地方。俄罗斯的火车没有中国快，也没有中国的新，叮叮当当要走一夜的路程。奔萨雕塑创作营，因其规模大、延续性强、艺术种类多，在国际雕塑圈子里还是很有影响力的。当然，其规模和国内某些创作营还是没法比的，但相同的是，明显能看出来，都是些有大国情结的雕塑创作营。

奔萨的营地入驻了五六十位艺术家，大多数是雕塑家，少部分是画家。雕塑家可选择的材料也丰富，石材、金属、木材、黏土。对于俄罗斯的印象，东方人认为是西方，西方人认为是东方。奔萨雕塑营可以让你确切地感受到这一点。它既不像欧洲的创作营那样

• 奔萨雕塑园

天马行空（没人管，也没人问），也不像以中国为代表的东方创作营（前呼后拥，奉若上宾）。对于中国的雕塑家来说，我感觉还是很亲近的，毕竟我们曾经是无产阶级兄弟。看到俄罗斯的老工人戴着鸭舌帽，伸出粗大的手掌，说着大概是“同志，你好”，让人想起了《列宁在十月》。这个老工人就是我在奔萨期间最后两三天的助手。其实奔萨创作营是没有助手的，对于国内的艺术家来说这是最不可以容忍的，怎么能让高贵的雕塑家去干石匠一样的活呢？焊工也不行啊。没办法，所以在国际雕塑营走动的也就那么几个中国的雕塑家。还没有一个人口 400 万的小国格鲁吉亚的雕塑家多。要知道我们中国的一个小区就有 70 万人，小区的名字叫“天通苑”。后来才知道，很多金属焊接的雕塑家都得到了助手的协助。石雕的艺术家们就没有那么好的运气了，运气最好的是做泥稿的雕塑家，在一个不冷不热的屋子里，优雅地玩弄着手里的油泥。每次午餐的时候，看起来像农民工一样的是石雕家，看起来像产业工人一样的是玩金属的，看起来像老板的就是做泥稿的了。

这次奔萨的创作营，有五位中国艺术家，其中一位还是来自宝岛，他习惯戴一个质量不错的眼镜。其他两位雕塑家是高蒙和钱斯华，还有一位是不出名的画家。我们一起吃着西餐，说着中文，互敬互爱，互相支持，不傲慢、不诋毁，

• 全家福

在奔萨形成了一个小小的华语区，谁说中国人不团结？

我是最早离开这个雕塑营的，前往法国去参加诺曼底的雕塑营。在短短的十天，我本着一个中国人的吃苦耐劳的精神，顺利完成了焊接和效果的处理。在我离开后几天，雕塑安装完毕。我的雕塑完成品大约有六米高。雕塑的名字叫《扛起来就走》。

• 雕塑《扛起来就走》

2

夏日进冬宫

冬宫里给我留下最深影响的展品是雕塑『拉奥孔』和『赫拉克勒斯』。

这是我第二次来俄罗斯参加雕塑活动了，我原本就是个不大执迷旅游的人，对于知名景点也并不感冒。我五次去拉萨，天天在布达拉宫门外转，但一次也没有进去过，包括黄果树瀑布、九寨沟等几个五星级的景区也是多次经过而不入；甚至我在去阿根廷的时候，也没有在布宜诺斯艾利斯驻足。不是狂妄，反倒是怀着敬畏之心，布达拉宫这等神圣的地方，岂能是用来游玩的，至于其他景区，担心若真的去了就会失去想象中的美好，还不如为下次再来找一个理由。

以我做事的方式，这次的俄罗斯之行应该是没有旅游项目的。但这次不同，以往我都是独行“刀客”，这次却是“神雕侠侣”，因为我老婆也同时入选了奔萨创作营的绘画创作。她就是我上文提到的不知名的画家，之

• 我老婆和冬宫

所以不知名，还不是因为支持我的行者生涯，她一个人养活孩子，被厨房和尿布抹去了凌厉的棱角，如果说我是成功的男人的话，她就是我身后伟大的女人了。我不算太成功，她也只能委屈是小小的伟大。

老婆是第一次到俄罗斯，所以还是提前安排了几天行程一览莫斯科和圣彼得堡，都说没去过圣彼得堡就不算来过俄罗斯，应该也是有根据的，忘了哪位俄罗斯作家笔下的圣彼得堡人高贵得就像上海人一样，有着那种先天的优越感。圣彼得堡被涅瓦河分成好几块，涅瓦河的尽头是波罗的海，海都是一样的海，除了名字不同。俄罗斯一圈有不少海，什么黑海、白海、日本海，和我们漫长连续的海岸线不同，俄罗斯的海岸线是这里一段，那里一块。涅瓦河边是冬宫，作为美术工作者，冬宫还是要去的，大夏天的，在冬宫里倒是凉快得很。冬宫号称世界四大博物馆之一，与法国卢浮宫、英国大英博物馆和美国纽约大都会齐名。游览冬宫是这几天最后的行程，连续几天的暴走，体力和脚力也快到极限了。

对冬宫这种名胜的描绘，遍地都是，我找两句最具代表性的重复一下。冬宫有400 间开放展厅，全走下来要 22 公里。如果每个藏品面前停留一分钟，将需要 10 年，还有说 11 年的。这足见冬宫的展品之多，我出来玩，很少做功课的，以至于从来玩得都不得要领，也不知道详略得当，经常发生类似站在人民英雄纪念碑前，打听去天安门怎么走的笑话。在冬宫我们预留的时间是三小时，也就是走马观花，而且还是日行千里的汗血宝马（汗血宝马的原产地在土库曼斯坦。史记中记载，张骞出使西域，归来说：“西域多善马，马汗血。”故在中国，两千年来这种马一直被神秘地称为“汗血宝马”，汗血宝马发源地的土库曼斯坦的养马专家称，汗血宝马的皮肤较薄，奔跑时，血液在血管中流动容易被看到，另外，马的肩部和颈部汗腺发达，马出汗时往往先潮后湿，对于枣红色或栗色毛的马，出汗后局部颜色会显得更加鲜艳，给人以“流血”的错觉）。

说来特别的惭愧，当看到毕加索、凡 · 高这些大师们的真迹的时候，我没想象中的激动，这种冷漠，都不好意思和别人说。反倒是对一些兵器、器皿、衣服的展品兴趣更大，这注定我也就是一个工匠级别的伪艺术家。

冬宫好东西太多了，像毕加索、马奈、莫奈、雷诺阿（都是很有名很有名的艺术家）的画作都是一人一屋子，这么多好的东西也不知道分给别人一点。在动物园界有一种交换动物的方式，类似于我们中国有东北虎，你们南非有非洲狮，互相换一个。我们也可以拿韩美林画的小老虎换一个毕加索画的牛啊。一个老虎不够，再加个猴，反正韩先生画得快，不行就再加个狗。

冬宫里给我留下最深影响的展品是雕塑《拉奥孔》和《赫拉克勒斯》，不仅仅因为我是做雕塑的，还因为，几乎每个在少年时候学过美术的人都画过他这两个雕塑的复制品，让我想起了那个背着画夹子，骑在自行车上飞奔的追风少年，那时候“头发不长也要甩，衣服不白但要飘”。我的审美情趣又把我拉到了考前班的水平。不过不得不承认再美好的东西多了也会审美疲劳。记得我在埃及博物馆的时候，看着一屋子一屋子的木乃伊，堆得哪儿都是，古埃及的神秘感荡然无存。至于在韩国博物馆的时候，则找到了回家的感觉，凡是带文字的文物写的都是中国字，还有几个手掌大的小雕塑是“西天组合”唐三藏、孙悟空、猪八戒、沙悟净，只是长得不伦不类。

三个小时的走马观花，来来回回走了估计也得十几公里。太阳已经到了波罗的海那侧的丹麦了，只留下一点余晖洒在涅瓦河上。赶回火车站的时候已经是晚上了，路上还是碰到了俄罗斯最负盛名的美女和酒鬼。边走边和老婆讲起了去年我在俄罗斯的两件事。

• 唐僧，他们叫“三藏法师”　• 孙悟空

拉奥孔：

希腊传说里的特洛伊英雄，阿波罗（或波塞冬）的祭司。他的名字最早出现于荷马之后关于特洛伊的传说中，他的故事在维吉尔的《埃涅阿斯纪》里最后形成。

希腊神话中特洛伊战争的故事讲到，希腊人攻打特洛伊城十年，始终未获成功，后来建造了一个大木马，并假装撤退，希腊将士却暗藏于马腹中。正当特洛伊人要把希腊人留下的木马拖进城内时，当时特洛伊城的祭祀和预言家拉奥孔出面阻止，他警告特洛伊人不要将木马引入城中。特洛伊的毁灭早已注定，拉奥孔的举动触怒了雅典娜和众神要毁灭特洛伊的意志，于是雅典娜派出了两条巨蛇将拉奥孔和他的两个儿子咬死。

赫拉克勒斯：

古希腊神话中最伟大的英雄，是主神宙斯与阿尔克墨涅之子，因其出身而受到宙斯的妻子赫拉的憎恶。他神勇无比、力大无穷，后来他完成了12项被称为“不可能完成”的任务，除此之外他还解救了被缚的普罗米修斯，隐藏身份参加了伊阿宋的英雄冒险队并协助他取得金羊毛。赫拉克勒斯英明一世，却最终遭第二任妻子误会，并在他的衣服上涂了毒，他难耐痛苦而自焚身亡，死后升入奥林匹斯圣山，成为大力神。

• 猪八戒　• 沙悟净

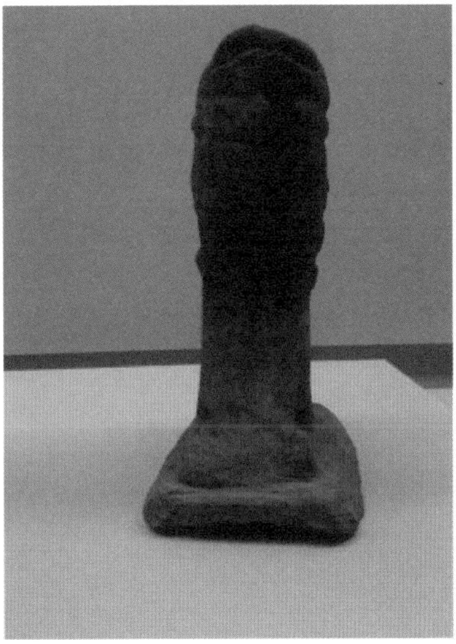

3

遭遇光头党

俄罗斯的少女是莫斯科街头阳光下最美丽的风景，俄罗斯的小伙子则是莫斯科夜幕下最不安定的因素。

2012 年是我第一次来俄罗斯，来俄罗斯之前，得到朋友的忠告，并且在网上浏览了相关内容，光头党对于来这个国家的中国人是最大的危险，光头党，顾名思义，留着光头的极端民族主义者，崇尚暴力。毕竟第一次来，我还是小心加小心，和我一起的还有高老师。

莫斯科应该是这世界上美女最多的城市，也是这世界上酒鬼最多的城市，十七八的岁数正是最火热的年龄，表现在女孩身上，则透着抵挡不住的青春美丽，表现在男孩身上则是压抑不住的暴力冲动。所以，俄罗斯的少女是莫斯科街头阳光下最美丽的风景，俄罗斯的小伙子则是莫斯科夜幕下最不安定的因素。无一例外，无论是莫斯科、圣彼得堡，还是雅罗斯拉夫尔，在晚上都是酒鬼的天堂，

• 雅罗斯拉夫尔的早晨

酒鬼不分男女老少，即使是迎面走来几个身姿妖娆的金发美女，也要每个人手里拎着个酒瓶子，和我们国家喝酒习惯在桌子上喝不同，他们更喜欢拎着酒瓶子四处晃。开始沿着直线晃，后来就沿着曲线晃，最后就是呈不规则地晃，或者干脆不晃了，直接趴下。所以俄罗斯很久以前就有了醒酒站，解释一下就好理解了，相当于酒鬼收容所，目的有二：一是减少酒鬼可能制造的治安问题，二也是为了酒鬼的人身安全考虑。

我小的时候，哈尔滨每年都会听到有冻死人的消息，基本上都是因为喝醉了，跌倒在路边一睡不起了，要是那时候有个醒酒站，这命也就保住了。如今好多了，喝多了打个出租车就回家了，冻死人的事情少有发生了。

在俄罗斯开始的两天，有被美女勾住眼球的经历，也有被酒鬼纠缠的经历。所以都是白天行动，太阳落山就收工了。阳光下，我们还是被俄罗斯的美景和善良的俄罗斯人征服了，偶尔碰到纠缠的酒鬼，也被随后赶到的警察阻止了，真是人民警察爱人民啊（曾经“臭名昭著”的俄罗斯警察成了最可爱的人）。

离开莫斯科我们去了另外一个城市雅罗斯拉夫尔。在雅罗斯拉夫尔最后一天的早晨，我们利用出发前的一点空闲，做最后的告别闲逛。按照惯例，天一亮，

• 随处可见的空酒瓶

我们就起来了。街头很静，阳光很亮，走在街上的人不多，偶尔在墙角、树根或者窗台上发现一些酒瓶子，瓶子摆放得还挺整齐，昨夜酒鬼的故事还在延续。

街头有很多早起的鸽子，还有两个不知是早起还是没睡的年轻人，一个红衣，一个白衣，不是文章中介绍的光头党，其中一个粗野地向我们喊着什么，我们并不确认喊的是不是我们，我的同伴用“聂特、聂特”做了回答，随后就加快脚步，匆匆赶路，环视四周才发现，街头除了我们竟然没有一个人。两个人依旧是叫喊着俄语，夹杂着疑似“china d*g”的英语，让我和同伴知道我们碰到了光头党，虽然不是光头，虽然没有皮衣。

刚才祥和的景色一下变得紧张起来。

红衣人依然在后面叫喊，我们的脚步更快，再次环顾，确认确实只有两个人，并且手中没有武器，估计这不是光头党的正规军，也不是有目的的攻击，是场遭遇战。这时，白衣人快步直插我们的前方。我们没有来得及交换意见，直奔白衣人冲去，可能是因为一个人，他并没有阻拦我们，让我们冲出了夹击，同伴终于沉不住气率先跑了起来，说起逃跑，我应该是擅长的，上学的时候短跑还是屡获名次的。自信虽年已不惑。但速度还在，要照顾同伴的逃跑速度，还

• 见证了光头党暴行的鸽子们

要回头看看俄罗斯小混混的追赶速度。两个小混混追了几步，就停下来狂笑、跺脚。我心中的害怕顿成怒气，终于理解了李小龙，终于后悔没学中国功夫。

同伴已经跑远，我用残存的尊严放慢了脚步。绅士？面对邪恶，安全、尊严哪一个更重要？给自己的逃跑找一个理由吧，三十六计走为上，好汉不吃眼前亏。有惊无险，不足 200 米的奔袭，还是有点喘，回宾馆的路上再也没有心思拍照，历数听说的中国人俄罗斯遇袭事件，再回忆俄罗斯这些天很多帮助过我们的人，不知道怎么评价这个国家。再次警告去俄罗斯旅游的国人：1. 不要到僻静的街道闲逛；2. 小心成群的年轻人；3. 小心酒鬼；4. 锻炼身体，练不了功夫，就练跑步。

平安是福。

光头党：

俄罗斯光头党以俄罗斯青年为主要成员，崇尚极端民族主义、纳粹主义，极度排外，专门通过暴力袭击有色人种的激进组织。

他们大都是一些年轻人，年龄一般从十几岁到二十几岁不等，以男青年为主，后来也出现了女性成员。

他们一年四季都穿着黑色短皮衣，黑色的皮裤或者牛仔裤，脚上蹬着虎头军用皮鞋，他们身上总配有一些金属器件，如金属拉链，金属鞋头。

他们将德国纳粹头子希特勒视为偶像，通常集体出动，手持铁器、棍棒，在地铁、市场等公共场所袭击中东人、犹太人、黑人、黄种人等非白种人民族。

4

多彩夜生活

奔萨并不是每个夜晚都这么纸醉金迷，否则怎么有空隙来让绯闻发生。

奔萨的创作营，规模大、时间久。有很多熟面孔，俄罗斯本国的艺术家大约有30%，其他欧亚非拉美一应俱全。林子大了，就什么鸟都有，再加上因为有绘画的创作，女艺术家就不在少数。有句话叫作“男女搭配干活不累”，岂止是不累，据说还绯闻不断，艳遇频出。之所以是据说，是因为并非我亲眼所见。我可是带着家属来的。

俄罗斯美女的豪放率性，早有耳闻，想来传说也并非空穴来风，有些艺术家的雕塑谈不上上乘，勾女倒是电眼频频，颇有一套。一些来自热情奔放的国度的帅哥美女都有着异常丰富的眼神，带着各种各样的信号，以我们东方人的习惯，还真的是理解不了，更是学也学不上来。创作营的道路上要学习的东西还是很多，正如那首“那是你的眼神”，

• 个性十足的小乐队

“眼神”也是一门课啊，不能否认，对于极少数艺术家，创作营之旅就是他们的猎艳之旅。

奔萨的夜晚注定丰富多彩。

创作营主席尤里夫妇，都 50 多岁，是我的老朋友了，早在韩国的时候就有过交往。俄罗斯人看起来彪悍粗犷，但情感上还是很细腻，他们夫妻经常是出双入对，让人煞是羡慕。说他们细腻，还在于他们对每个艺术家的关心。开幕的第一天，正好是我的 40 岁生日，我的生日是狮子座的尾巴。盛大的欢迎酒会第一个节目就是推出我这个寿星佬，新朋旧友频频举杯，感动，光顾着喝酒，都忘记了流泪。不仅仅是我，每个在驻营期间过生日的，尤里夫妇都会安排生日派对。香槟和生日蛋糕自不必说，最有特色的是会请来很多的表演团队。有几个表演团队还是很受欢迎的，并且好评如潮。

第一个团队，应该是一个民乐表演的组合，四五个人，很像是一家人，年龄大的是一对男女，还有两个金发姑娘，主要的乐器就是一个手风琴，歌曲清一色都是我们耳熟能详的《喀秋莎》《莫斯科郊外的晚上》，原汁原味，热情奔放。类似这样的小规模的表演团体有好几个，各具特色，音响不错，不像我们婚礼

• 演唱《红莓花儿开》

上那种尖着嗓子的《好日子》。

忽有一天，来了一个交响乐团，我对交响乐一点不懂，只是看起来规模很交响乐的样子，在我们吃饭的大餐厅满满地坐了半个屋子，比我们的艺术家都多，而且个个都是穿着燕尾服，打着领结，一丝不苟，文质彬彬。这阵势把我们吓了一跳，有点旧社会大户人家唱堂会（指个人出资，邀集演员于年节或喜寿日在私宅或饭庄、会馆、戏园为自家做专场演出。演出的收入，往往数倍于平日的业务演出。旧时，京都官僚富豪或有钱人家举办喜庆宴会时，请艺人来演出助兴，以为体面荣光，以此招待亲友，谓之堂会戏）的意思。这样的规模就不能叫乐队了，得叫乐团了。演出的曲子虽不甚懂，但艺术还是相通的，音乐让我们陶醉在欣赏中，让他们陶醉在表演中，这个应该就是高雅音乐了。作为欣赏者，我们都没有做好欣赏的准备，看着脚上趿拉的拖鞋，觉得真对不起人家的燕尾服。这是一个起码互相尊重的过程。后来听说，这些表演者大多不是专业人士，但是俄罗斯人对艺术的热爱，一点不次于对酒的热爱。

最后说一下那个最火爆的舞蹈团体吧，人不多，就三个，名字不知道，就暂时叫作真真、怜怜、爱爱吧（猪八戒撞天婚那段还记得吧），个个大美女，身材

• 最火爆的舞蹈

热辣、舞姿火爆、热情洋溢、波涛汹涌，色香味俱全，都不知道说什么好了。把一个舞蹈描绘出来是很难的。面对大俗、大雅，明显大俗占了上风，我们这些在座的观众还都算艺术家呢，也都那么回事，搬着凳子拼命往前凑，中国人讲的是含蓄，我就纹丝没动，因为我已经早早地坐在了第一排，谁让咱个子矮啊。

表演火爆进行，时而表现的是宫廷淑女、时而爵士辣妹，中间穿插诸多互动，高潮一个接一个，有人前排挤不下了，都绕到了背后去看。再好的演出也有谢幕的时候，看看她们收场有怎样的惊人之举。音乐骤停，三个舞者背对观众深深地弯下腰，鞠躬反了吧？本来就很短的超短裙下摆被提得越来越高。猛地音乐响起，三个超短裙被依次掀开。哇……好漂亮的底裤啊。有个词叫色情，还有一个叫情色，这夜的舞蹈秀就算情色吧。在这光天化日、大庭广众之下，整晚的舞蹈秀仔细分析无一色情成分。情色也是有心理学的。

奔萨并不是每个夜晚都这么纸醉金迷，否则怎么有空隙来让绯闻发生。

撞天婚：

这呆子朝上礼拜，拜毕道：“娘，你把那个姐姐配我哩？”……那妇人道：“……我这里有一方手帕，你顶在头上，遮了脸，撞个天婚，教我女儿从你跟前走过，你伸开手扯倒那个就把那个配了你罢。”呆子依言，接了手帕，顶在头上。有诗为证，诗曰：痴愚不识本原由，色剑伤身暗自休。从来信有周公礼，今日新郎顶盖头。那呆子顶裹停当，道：“娘，请姐姐们出来么。”他丈母叫：“真真、爱爱、怜怜，都来撞天婚，配与你女婿。”只听得环珮响亮，兰麝馨香，似有仙子来往……

——摘自《西游记》

5 不一样的创作营

因为卡在阿拉伯世界和西方世界之间，再加上领土面积大，土耳其确实是一个不错的缓冲带，两大文明在此交汇。

身处亚洲的土耳其，在文化上有着特殊的多样性，由于历史原因，多种族、多国家在这片土地上你争我夺，互相统治过，生活习惯和历史遗迹至今仍然留有这样的痕迹。虽然多数人信奉伊斯兰教，但土耳其并不是阿拉伯国家。这个国家有着辉煌的历史，当初的奥斯曼帝国几乎将地中海变成了内湖（奥斯曼和奥特曼除了貌似很有关系的“奥”“曼”，其实没有任何关系），这种骄傲至今仍留在土耳其人的骨子里。还有一个“异类”就是伊朗，人家说“我们是波斯人”。

因为卡在阿拉伯世界和西方世界之间，再加上领土面积大，土耳其确实是一个不错的缓冲带，两大文明在此交汇。我们所生活的德尼兹利分老城区和新城区，老城区的人衣着都比较传统，而且按照他们的习惯是禁酒的。到了新城区就是一片现代化都市的场面了。当地的艺术家也是经常喝酒，一般他们都会到我们居住的旅馆附近，那里属于旅游区，一切规则都是国际范，没什么事的时候，我们会买了啤酒，去棉花堡“洗浴中心”泡着脚，喝着啤酒，头上的天是民主的天。

其他很多阿拉伯大城市的街头，也都这样矛盾而又统一。和当地人聊过，一方面他们存在宗教的信仰，另一方面也有对现代化生活的向往。这些西亚、北非传统的穆斯林地区，却是如今国际雕塑创作营的热土。土耳其创作营就是热土中的热土。完全不同于欧洲和美洲的创作营，在土耳其的雕塑创作营是有助手的，因为一些经济比较发达的地区，体力劳动者的高报酬，让雇用助手成为一个成本很高的事情。在我国的创作营因为低廉的劳动力，艺术家都会得到多个助手的支持，而且助手都是技艺精湛的专业工人。

土耳其的助手的配置介于东西之间，助手的来源往往是大学生，在给我们的邀请函上，都会特意注明，会提供没有工作经验的艺术学院的大学生作为助手。虽然我们这个创作营是一个企业赞助的，但是绝大多数的土耳其雕塑创作营都是大学在举办。我们这次也是和大学有密切的关系。

我因为我的雪山计划，来晚了几天，来的第一天，就被邀请到了当地的德尼兹利大学的美术学院，给大学生讲座，讲座的所在地是我们所说的阶梯教室，听讲的人员，应该是看了告示来的，三三两两，有学生也有老师。人不少，千八百人吧。对我来说，用中文演讲还对付，用英文，来世吧。所以这次讲座，用图片代表语言，主要是投影仪展示我在一些其他国家的公共雕塑。开场白很有效果，一句英语“有人会说中文吗”把我不会英语的过错推得一干二净。在这些听讲座的学生中，就有我们后来的助手。

令人奇怪的是，助手都是中看不中用的美女。不仅仅是土耳其，其他一些阿拉伯国家的雕塑创作营，助手也都是美女大学生。我们这些艺术家闲来无事做了比较，伊朗、叙利亚的助手都不错，也不是蒙着面纱帮你干活，即使不能帮你干活，提高一下工作时候的心情，也是有意义的。何况做助手的大学生英语都还不错，可以让你更多地了解这个国家。对于还没有走入社会的大学生，这样和国际艺术家一对一交流的机会也是难得的。毕竟我们这些雕塑家在国际上还是有一点影响的，当然是在专业的圈子里。不仅在雕塑上开阔了眼界，而且有机会打开一扇国际大门。

• 我在德尼兹利大学的演讲　　• 我和我的助手们

这次我们的助手很不系统，来去自由，时有时无，一般都指望不上。有的时候因为学校有课，有的时候因为心情不好，反正是白使唤的劳力不靠谱。就算她们肯干，让一些女娃娃帮着砍大石块，你也狠不下去那个心，况且确实也有很大的危险性。我的助手叫吉杰姆，后面还有一长串的姓，好像是一种鹿的意思。这是一个漂亮的女孩子，一头乌黑的长发，有着长长的眼睫毛，长得会让你不敢相信这是真的，得有两厘米多，上面放一个铅笔都不会掉下来，那到底是真的吗？时间长了，彼此熟悉了，我终于忍不住好奇，把疑问抛了过去。“如假包换”，我想她说的中文意思是这样的。为了验证不虚，她还用手拽了拽，果然坚韧而有弹性。虽说睫毛是真的，但是头发却是假的，那一袭乌发，是染发剂的效果。让我们不能理解的是，她为何把好端端的金色长发染成了黑色，那一头金发是多少中国少女的梦想啊。问起原因，她说，因为她的眼睛是黑色的，为了看起来协调统一，所以她就染黑了头发。我说嘛，为什么中国人染了金发看着也不是那么回事，原来黑色的眼睛和金发就不搭配，好在现在流行混搭。

地中海一圈的人种因为历史原因，混得五彩缤纷的。不仅仅土耳其，还有很多的阿拉伯国家都有雕塑创作营，埃及阿斯旺的创作营有二十多年的历史了，阿联酋的迪拜也有着世界上出手最阔绰的雕塑活动。这些就不用说了，就连一直处在战争威胁之下的黎巴嫩、伊朗、叙利亚也举办了雕塑创作营。早在 2011 年，叙利亚的首都就举行了一个木雕的创作营，翻看一下当时的国际新闻，那时候的叙利亚人正处在水深火热之中，他们居然还有闲情搞艺术。而且这个创作营，2020 届已于 6 月举办，艺术或许是抚平战争创伤的良药吧。

6

谁比谁更威风

组织创作营，老牌的经济大国，都死气沉沉，发展中的大小国家，却是一派热火朝天。

世界的经济形势大概是这样的：老牌的经济大国，都死气沉沉，发展中的大小国家，却是一派热火朝天，大跃进的景色。其中经济上的原因，我也说不清楚，但是表现在雕塑创作营上，就明显了。

十几年前，组织创作营比较活跃的欧美国家，还有日本，如今办起活动来都缩手缩脚的，钱给的也不大方，这几年好不容易赶上能为国家创汇了，又赶上欧元贬值，人民币飙升。尤其日本，举办这样的活动也有几十年的历史了，如今却是一个创作营也没有，原因有二：一是经济上过了飞速发展的时期，城市建设上雕塑基本达到了一定的浓度；二是文化需求也没有那么迫切了。日本的田中等，每每提到此处，总是摇着头说“all finish ,all finish(全结束了，全结束了)”一语双关啊。

• 这是什么级别的中美对话

而土耳其和中国一样，在创作营界是两个冉冉升起的新星，炙手可热。土耳其的创作营，也是喜欢排场的，在土耳其的一个月中来过好几个大人物。人物有多大？看看场面。忽见远处驶来一个车队，即使是创作营轰鸣的机器声也掩盖不住车队的威风，开头的一辆是黑色大吉普，从你面前划过的时候，车头闪过一面星条旗。车速极快，刹车也猛。车还没有完全停下来，从车上跳下两个黑衣大汉，怎样的打扮呢？FBI 的打扮，黑西服、墨镜、标志性的耳麦，一定是白色才够酷。随着车小跑了两步，一手插在怀里，一手不停塞着耳麦，MP3 里不会放的是中国歌曲吧？两个大汉中一个走进院子，不停地环视四方，离得远，看不到是否在说话；另一个大汉，在门外候着一辆缓缓驶来的黑色轿车。车稳稳地停了下来，下来一个白发老人，还偕同夫人，偕同夫人的一般都是大使。不错，美国大使的出场俨然有好莱坞大片的风范，艺术的灵感被证实是来源于生活。这位又是驻守敏感地区的美国大使，安全自然又要上升一个级别。下面的场景又是大片中可以看得到的。随后拥下一队随从，接下来拥下一堆记者，带摄像机的，带照相机的，带录音机的，带笔记本的。

土耳其方面，也有一个相当于省长级别的人来尽地主之谊。之所以美国大使出现，是因为这次活动有三个美国艺术家参加。正应了那句话：“无论你在哪里，

• 白马少年遥遥可见

美利坚政府都是你坚强的后盾。”美国大使顺便接见了我这个中国人，这要是驻中国的美国大使该多好，以后去美国耍，签证就不是问题了。我一边解说我雕塑中所蕴含的博大的东方精神，一边抱歉我物理老师教出来的英语口语。大使一面不住点头，似懂非懂地听着我的讲解，一面抱歉他没有学过中文。这是两个超级大国的代表在文化艺术方面友好的交谈，气氛融洽，没有东西方之分。这样的会晤，会在土耳其的媒体上以怎样的方式刊登出来呢？这与我无关。

美国人的出现够威风吧，但是还有更威风的，这个威风的场面，在附近的一个小城。那是八面威风。

一日，我们在德尼兹利附近的一个小城享受午餐，喝下午茶。吃饭的餐厅是临街的二楼，这条街道左右都是商铺，打开窗户就可以俯视整条街道，这让我想起了阳谷县“县花”潘金莲闺房开窗、红杏出墙的历史经典画面。酒过三巡，菜过五味，忽闻楼下鼓乐齐鸣，俯身看去，远处浩浩荡荡走来一队人马，为首一少年，白衣白裤，白色长靴，白色斗篷，掐金边走金线，头戴一顶白色包头，额头上一簇白色羽毛，突突乱颤，看少年不过年方十二，戴着文雅的金丝边眼镜，座下一匹白色的纯种阿拉伯马，浑身上下没有一根杂毛，嘴角耳轮透着一

• 武士

丝丝的粉色。后面一个武士打扮的人，头戴紫金亮银盔，身披锁子镔铁甲，手握一柄圆月弯刀。再往后，三个彪形大汉，中间一人绿衣绿裤，手持一杆素色白旗，旗上没有任何图案。左右两人都是红衣红裤，左侧大汉举一面红旗，旗上三轮弯月，右侧一面绿旗，旗上也是弯月。

再再往后好似御前带刀护卫，举着刀枪剑戟斧钺钩叉。
再再再往后则是长长的一队鼓乐手，整齐划一。

见过这阵势吗？是不是皇帝登基啊，或者像我们古时候，金榜题名的状元回乡夸官，或是……

这一队人马在闹市区转了足足有一个小时。我问随行的土耳其人，这是何方神圣，有如此气派？回答的人微微一笑，在自己的裆部轻轻剪了一下，旁边的土耳其少女脸微微一红。顿时明白了，官方说法这是少年的成人礼，私下也就是要做包皮手术。就一包皮手术，至于这么昭告天下吗？

你说包皮手术少年和美国驻土大使，哪一个更威风？

• 浩浩荡荡的队伍

7

地下铁

巴黎的地铁贵，新德里的地铁新，开罗的地铁有女士专厢，俄罗斯的地铁是艺术……

一个没有车，也不会开车的我，对地铁情有独钟，尤其在其他国家的城市，总要一睹地铁风采，这里也是一个城市的缩影。地铁给我们在异国带来的便利也是很多的。

巴黎的地铁算是老字号的地铁了，延续西欧的一贯特点，还是一个贵。要说贵，当然是看和谁比，北京的地铁连越南人都会觉得便宜，越南人在北京只坐车不买房子。巴黎的地铁不到 2 欧起价，也有那种按日收钱的，就会便宜不少，但对于外国人就很难算明白这个账。随它吧，反正我在这里是要赚他们的欧元走的。

法国的地铁，我没有觉得有什么太特别的。记忆比较深的是，你可以把自行车推到车里，而且车里专门有停放的位置，法国人早早就有了节能减排的意识。和北京地铁不同的是，

• 新德里地铁，看这队伍，往前走，往左拐，才能进地铁站

巴黎地铁入口检票，出口没有检票，以至于再转车的时候，稀里糊涂地就出站了，还得再花 2 欧重新买票。入口并没有工作人员在，我也发现了好几个人不买票直接跳进去的，动作娴熟，是个老手，有便宜不占的心理又蹦了出来。在美国一个慈善的免费食品发放点，来领取免费食物的有很多华人，分发食物的志愿者却没有华人面孔，“聪明”是我们中华民族的特有属性，比起那个逃票者，我的身手就差得远了，别给中国人丢脸了，买票进站。

在这里买票进站，花不了几个时间，在印度新德里坐地铁的时候，就想到了北京一号线。进站的长龙绵延数百米，从头看不到尾。但印度有一个最大的特点，男女排队是分开的，女队的人就很少，而且没有随身包裹的人也是另外的一支队伍。和我一起游新德里的是一位清华的女老师，在当地人的授意下，我把包给女老师来背，我自己走了无行李通道，进来得还比较快。新德里地铁很新，有为女士专门留的座位，古文明的国家，都会有尊重女士的传统，在埃及开罗的地铁上，还有女士专厢。说新德里地铁有一点也和中国一样，进城钻地下，出城走高架，法国也如此。俄罗斯的就不一样了，几乎都在地下。俄罗斯的地铁，无论是莫斯科还是圣彼得堡都堪称艺术殿堂。弧形的穹顶、大理石艺术雕像、精美的浮雕、典雅的吊灯、玻璃拼花以及马赛克镶嵌画，美轮美奂，而且

• 莫斯科地铁

每个站台建筑格局也各不相同，有的厚重古朴，有的富丽堂皇，有的充满当代艺术感，据说每个车站都由国内著名建筑师设计，所以各有独特的风格，真算是艺术博物馆了。到莫斯科旅游，地铁站绝对是一个重要的系列旅游景点，一边乘车，一边欣赏，不再加钱，真是赚了，拍张照片，有人会以为你在卢浮宫。最重要的是这里没有一条广告，漂亮艺术的站台没有被现代商业染污，博物馆没广告，是对文化的尊重，俄罗斯人对车站像对博物馆一样看待，但有的国家却把博物馆当商店对待。这里的地铁这么好、那么好，却因曾经的一次大爆炸，至今给人留下心理阴影。

俄罗斯的地铁上，年轻人也是手机、电脑，塞得耳朵、手里都满满的。一些中老年人则喜欢静静地翻看一些书，看起来没有那么浮躁，有的人在做填字游戏。目前，国内地铁上看纸质书的人很少，都是电子书，内容一样，状态不同了。日本的地铁，也有很多看书的，这个民族真的是很搞笑，一个五大三粗、满脸络腮胡子的大汉，捧着一本漫画书看得津津有味。东京地铁，有个车站因为动画片《铁臂阿童木》而出名，所以站台的铃声就是“阿童木之歌”，一个国家的特质在这里显现得淋漓尽致。

我第一次坐法国地铁的时候有一个同伴，是一位俄罗斯美少妇，面容姣好，体型略有庞大，这大概就是俄罗斯美少女和美少妇的区别吧（她是和我从莫斯科一起来巴黎飞机上的一个难友）。我们在地铁站台告别，面对面，中间隔着轨道，彼此用照相机留影，对了，她是一个摄影师。

对面的地铁来了，走了。站台就空了。

• 巴黎地铁里的俄罗斯美少妇

8

马

骑马的传统在很多欧美国家都保存了下来，骑马不仅是功能性的，而且是观赏性的。

一般情况，雕塑创作营的工作场所都在郊外，巨大的噪音、漫天的灰尘，雕塑场远比情场更像战场。四周，都会是白茫茫的一片，附近的绿植、设施都会蒙上白白的一层粉尘。粉尘的颜色与石头无关，就算是黑色的石头，粉尘也是白的，就像黑人，血液也是红的一样。罗尔丹的工作场所，却是在城市的中心，城市的中心花园，和居民区还是有一定的距离。旁边有一条铁道，工作了十几天只记得有几次通过火车，火车作为交通工具，被飞机和汽车压缩了不小的生存空间。至少这条铁轨处于半退休状态了。但有另外一个交通工具依然在顽强地维护着自己的领地。

马。

有几次，看到有人骑着高头大马嘚嘚嗒嗒，来参观我们的雕塑营。马是阿拉伯马或者是

• 阿根廷骑士

欧洲的种，高大、高傲、高贵。和我们国家能经常见到的蒙古马不一样。蒙古马相比较起来显得低调得多，个子不高，没有那种模特般的身材。但从性能上，绝对属于一流。当年成吉思汗，带着草原的骑兵纵横欧亚大陆的时候，欧洲人对蒙古骑兵的描述是“粘在马背上的怪人”，去过草原的人都知道，蒙古人身材威猛，却四肢短小，几年前蒙古族巨人巴特尔在 NBA 打球的时候，有着两米多的身高，却不能单手抓起篮球，单手抓球，是像乔丹之类的小个子都能办到的事情。蒙古人这种身材是和蒙古马共生的，两条短腿生来就是用来骑马的，一个蒙古战士有几匹蒙古马，马背上吃、马背上睡，长途奔袭，蒙古骑兵在那个年代拥有最犀利的闪电战术。

有一个叫作《射雕英雄传》的电视剧对蒙古大漠的描写别有一番风味，这个《射雕》是 1983 年经典版。回顾一下当时的画面，作为大汗的成吉思汗，一般都是骑在马上的，身边的大将哲别带着几个蒙古兵屁颠屁颠地跑步跟在大汗的身后，忽然遭遇了大金的骑兵，大金国太子带着几个金兵也是屁颠屁颠地跑步出场。就是这样，威风八面的草原游牧民族出场方式相当于肯尼亚的丛林土著。金庸大师对桃花岛的描述功力远胜于对蒙古草原的描写，金大师更喜欢管蒙古草原叫作大漠。后来有机会碰到了这部片子的执行导演鞠觉亮，他给我

• 长满刺的大树

描绘了当年的拍摄场景，借了一匹马几只羊，租用了香港机场的一块荒地，这就是包括大金在内的北方游牧民族的全部了。所以骑兵永远是屁颠屁颠地跑着。最经典的一个画面，郭靖在夕阳前弯弓射雕的慢镜头，再加上“依稀往梦似曾见”的粤语歌词，现在想起来都起鸡皮疙瘩，是激动的，当时万人空巷。那一轮火红的落日仅仅是灯前的一片剪纸。

说马的，扯远了。

把目光从蒙古大漠那群屁颠屁颠小跑着出场的蒙古兵身上移开，我们回到潘帕斯草原。真是什么样的人就有什么样的马，都说欧美人，人高马大的，果真人高马也大，配合着西方人崇尚的骑士风度，骑马不仅是功能性的，而且是观赏性的。这样就让骑马的传统在很多欧美国家都保存了下来。

一天中午，我们应邀参加一个午宴。邀请我们的是一个马场。马场很大，这个马场可不是喂喂草料那么简单。所谓的马场大，是面积大，一眼看不到边，有几棵长满刺的大树，是以前没见过的品种。离大门很近的地方有专门的马棚，相当于起居室和餐厅，房间很坚固。有意思的是，马棚里还有一个老旧的录音机，放着古典音乐，属于我欣赏不了的那一种。旁边的一个小屋子，是衣帽间。

• 更衣室

鞍缰绳一应俱全。旁边有一个窄小的围栏，就是马的更衣室了。围栏窄小得让马只能老老实实地站着，扭不了头，也抬不起腿，一个V型的缺口，紧紧地卡住了马的脖子。

马棚里的马都遛弯儿去了。远远望去，仅仅是寥寥的七八匹马。陪同的马场主人给我们介绍，这个马场马不多，但个个都是好马。什么算好马？随着我们进了一个小展厅，我们对好马才有了概念。展厅排满了各种各样的赛马用的器具，墙上更是挂满了比赛的、获奖的照片。荣誉无数。

和这个马场的魅力比起来，午餐乏善可陈。

不仅仅阿根廷人喜欢骑马，在俄罗斯、法国、巴西，都可以见到骑马的人，当然我工作的地方大多在乡下。在法国，雕塑营附近有几块围起来的草场，我每天路过的时候，都可以看到几对母子悠闲地吃着草，喝着奶。小马的腿细细长长的，比例很不协调。

在巴西的时候，我们的翻译也拥有一匹自己的马，这是一年前她得到的生日礼物，马寄养在乡下，每到周末的时候，她会搭乘一两个小时的公交车，去看望马。翻译是一个年轻的未婚女孩，她在和我们炫耀自己的马的那种神态，就像是母亲在说自己的孩子。这个小翻译平时总拿着一本关于马的书，书很厚，精装。在我们的图书市场，这样的书太曲高和寡了，后来这个翻译发给我一张她骑马的照片：戴着黑色礼帽，穿着白色长裤、黑色马靴，帅得一塌糊涂。

巴西和阿根廷并不算很富裕的国家，对马的热爱和经济水平无关。

• 母与子

9

南美最大的赌场

赌场里面富丽堂皇、灯红酒绿，时不时地听到大珠小珠落玉盘的声音，而且我还看到很多熟悉的面孔。

阿根廷有很多漂亮的地方，例如伊瓜苏瀑布、火地岛、南美最高峰阿空加瓜，这些我都没去过，因为阿根廷的国土面积大，组委会没有能力带我们去。在俄罗斯的时候也是，一大帮人开车开了半天，为的就是看一个教堂，面积还没有某些别墅大的教堂，年头也没那么悠久。在这一点上，最好的要算我们中国的台湾了，在很小的土地上有着丰富的旅游资源，可看山、可观海、可听风、可闻雪。

阿根廷地理狭长，我们所在的这个地方，从经济上讲，算是核心的位置了，号称“潘帕斯草原”，在世界杯上，阿根廷队被称为“潘帕斯雄鹰”，其华丽的球风，是很多球迷的最爱。阿根廷对于中国人来讲，没什么比足球还牛的了。

潘帕斯草原最大的城市就是罗萨里奥了，是

阿根廷的第二大城市，就在我们附近，因为是个没有太久历史的城市，找不到什么古迹，晚上看看音乐喷泉，也是我们的旅游项目之一，还挺好看的，但是不如我们天安门的，这种东西无论是技巧还是规模，都没法和中国比。不过，罗萨里奥有的我们可不是都有，它拥有南美最大的赌场。这个名头也不小了，一天下午没有工作，组织者准备带我们去赌场看看，我没有去过北美最大的赌场拉斯维加斯，也没有去过澳门，这倒是我第一次赌场之旅。因为香港电影看多了，赌场总觉得充满黑社会色彩，到处都是出老千，剁手指。

本想拍一些赌场里的照片，被旁边的保安制止了，保安都是黑大汉，大墨镜，至少吓唬人的功能还是有的。赌场里面富丽堂皇、灯红酒绿，时不时地听到大珠小珠落玉盘的声音，而且我还看到很多熟悉的面孔。黑头发、黑眼睛、黄皮肤。不对，应该是黑头发、红眼睛、黄皮肤。各种机子面前站着眼睛通红的人，也可能是输红了眼，也可能是赢红了眼。

罗萨里奥曾发生过一起枪击案，一个中国人在车里被击中数枪身亡，时间是在他刚刚离开赌场的时候，一定和赌有关。中国人好赌，其实说赌，他们不得精髓，人与人斗才其乐无穷。这个号称南美最大的赌场，因为没有麻将桌，显得

• 赌场外景

失色了不少。我不善赌、不好赌，也可能是担心：赌场得意情场失意。总之不是咱的，咱不要。在赌场转了一圈，我就去了市场，看看土豆、白菜多少钱一斤，阿根廷“菜篮子”工程搞得怎么样，人民是否幸福。

晚上，我们就留在这座大城市的大餐厅吃饭。提到阿根廷的晚餐，有此一说，这是真正意义上的晚餐，每次都大约要十点以后才吃，我恨不得边吃边睡觉。一次我们就在住处附近吃饭，常吃西餐的人一定知道，他们吃东西就像流水线，一样一样地来，这一道菜一道菜，在半夜三更上得有条不紊的。因为离得近，在两道菜之间，我抽空回房间打了一盹，回来接着吃，居然也跟上了，一道菜也没落下。还有一次，我们吃一种烧烤类的东西，味道不错，吃得酒足饭饱，吃完了，分乘几趟车，车在城里绕了半天。我纳闷，都快后半夜了，这是干啥啊？一会儿车在一家甜品店前停下，原来刚才那家饭店没有餐后甜点，转了半个多小时，是要把餐后的甜点补上，这顿甜点相当于我们的年夜饭了。

这里的饮食习惯和欧洲很相似，要说不同的是，阿根廷人喜欢喝一种甜茶，把一种类似茶的植物加上糖，放在一个专有的杯子里用一根银色的吸管吸，有点像抽水烟的样子，茶杯和吸管各种各样，俨然是一种工艺品。如果在一个聊天的场合，不是多准备几个吸管，而是多准备一壶开水，吸管还是一个，无论男女老少，大家轮流喝，感觉他们要的就是你一口我一口喝茶这个劲儿。看大家都不嫌弃，我也就入乡随俗了。茶苦苦的，糖甜甜的。

一般情况，在一个地方开始吃喝玩乐的时候就是创作营快结束的时候了。在最后的晚宴上，我们欣赏了除了足球以外，阿根廷另外的骄傲——阿根廷探戈。这个探戈和我们以往看到的很不同，至于怎么不相同，美轮美奂的舞蹈，那节奏、那舞步怎么能用语言表达呢？表达不好，就不表达了。留给读者想象吧。

10 有朋自远方来

能在本土，埋锅造饭，呼朋唤友，确实是一件很幸福的事。

在这本书里，这是分量最轻的一篇，但是在这一年里，对于工作却是分量最重的一篇，在这次创作营，我不仅是一个雕塑家，还是一个策展人。有着丰富的国外创作营的经验，在国内有过多重身份的社会背景，让我策展人的道路，显得水到渠成。这种活动的组织和策划者，该用一个怎样准确的身份，现在还没有定论，国外的翻译通常是组织者。

能在本土，埋锅造饭，呼朋唤友，确实是一件很幸福的事情。很多没来过中国的人，对中国有很多的误解。我们也确实有很多很多的问题，但是中国人的尊严，不能在别人面前丧失，来吧，来中国看看。来过中国的艺术家，一般都会对中国赞不绝口，中国这些年的发展像坐了火箭，中国对外国人的态度也是恭敬有加，活动周到体贴，让你说不出什么毛病来。但也会因为文化的不同，闹出很多笑话。就说那年，我们一起在唐山的雕塑创作营，几个国外的雕塑家看到一些拆迁的房子，愣说是唐山大地震的遗迹。怎么和他们解释，拆的这些房子都是大地震后新建的房子，他们也不信，怎么可能几十年的房子就拆了呀，在他们国家，几十年的房子还没盖好啊。中国发展快，盖得快，拆得快。

中国的交通，对外国人也是一个考验。行人过马路不看红绿灯，已经被指责很久了，我看罚钱不如发钱，谁遵守给谁奖励，用腿量国土的，不是环保主义者，就是穷人，都应该是资金倾斜的对象，况且他们是用自己的血肉之躯向飞奔的钢铁怪兽挑战，充分体现自己的错误自己担着的基本原则。而那些不顾人行道的车辆，才是真正的罪魁祸首。我有一个朋友的孩子，在日本出生，10 岁多了才回到国内，第一天自己去上学，居然站在人行横道边上一个多小时没过去，没一辆车停下来礼让，因为上学迟到，哭得一塌糊涂。没有横穿马路的勇气你还真不行，一年后她才学会了过马路。面对中国错综复杂的路面情况，我的外国朋友们很快总结了一套行之有效的办法，每次在人行道走的时候，他们都是逆向行走，因为他们觉得危险看在眼前比躲在身后要安全，听懂了吗？就是说，你看着车从对面开过来，你可以躲，从后面来就防不胜防啊，这就是古语有云

• 雕塑《向前进》

“明枪易躲，暗箭难防”。别光说中国，其他发展中国家都差不多，我在尼泊尔过完马路，感觉也跟死里逃生一样。

还有一个笑话，咱们都知道“WC”是厕所吧。一次一外国哥们儿和我们一起坐车，他要上厕所，一车中国人也笨，没一个知道“厕所”这个单词，我们就问“WC”，他忙摇头，那就不是上厕所，啥事这么着急啊？那时候车上有女生，打手势比画，有些不雅。好不容易，他看到一家肯德基，忙叫停车，蹦着高地跑进去，我们都纳闷，刚吃完饭，咋又饿了啊？还担心他没中国钱，买不了东西，我们赶紧带着钱跟着冲了进去。还是上厕所，这是哪位爷把厕所翻译成“WC”，我后来好奇，问了好多外国人也有很多不懂“WC”，这个太关键了，建议写入“中国旅游指南之你不能不知道的 30 个中国词”。

中国的雕塑创作营，也极具中国特色。在北方有一个创作营，每个外国艺术家给配一个翻译，创作营一结束，外国艺术家和翻译都结下了深厚的友谊，喜结连理的，帮助办理出国留学的，都曾有发生。一个纯粹的艺术文化交流活动，改成“非诚勿扰”了。国外艺术家也抱怨，都没来得及和中国的艺术家说一句话，我们中国艺术家的英语水平可想而知了，像我这种就知道 250 个单词的，算是精英了。运用这 250 个单词的排列组合，我也能策展这样的国际创作营，而且邀请很多其他国家的创作营主席或者策展人，一起搞了国际雕塑创作营联盟，普天之下，还是第一份。以后这些创作营也是有组织的人了。

11

和大人物握手

尼泊尔的雕塑创作营，开幕式盛大，闭幕式隆重，尼泊尔总理亲自颁奖。

尼泊尔是喜马拉雅山南麓的小国。我接受媒体采访，被问及对这个创作营的看法的时候，我的回答是“与众不同”。刚来到加德满都已经是夜晚，城市里灯光点点，看不到大都市的灯火辉煌，有些店铺点着灯，有些点着蜡，有些门口一堆篝火，几个人围着烤火。是不是有点与众不同？更不同的还在后面。隔天，我们几个来自其他国家的雕塑家挤在一辆装了 9 个人的吉普车里，沿着崎岖的山路驶向远在 70 公里外的营地。路上车窗外美景不断，从高海拔的雪山、云海，再到低海拔的小溪、椰林，车内的人被颠得七荤八素，经过 4 个小时，车才停下来，正要抱怨，才发现其他当地的艺术家一车挤的是 11 个人。不过这一丝丝的不爽很快被盛大的开营仪式给冲向了印度洋。

- 欢迎我们的车队
- 浩浩荡荡的欢迎队伍
- 车顶上的乐队
- 车窗挡不住的热情

在据距离营地十几公里的地方，已经候着前来迎接的人群，鼓乐齐鸣，一条条哈达，一簇簇花环。启车再行，路两边，当地的居民拿出家里的水罐，上面插满了鲜花，很明显我们行驶的土路刚被清水泼过，想起了以前小说中常写的“黄土铺路，净水泼街”。车行驶得很慢，周围的人随着车一路小跑，边跑边把手伸进车窗，往我们的手里塞花瓣。再大牌的巨星所能享受的待遇也不过如此吧。

随着营地越来越近，欢迎的人群越来越稠密，车已经走不动了，我们不得不下车步行。一行人浩浩荡荡，整个队伍边舞边走，我不断地用当地语言“那麻斯得”回敬那些不断往我脖子上增加花环的人民。这一走，大约又是一个小时，也不觉得累，兴奋的嘴就没合起来过，在额头那一抹代表幸福的朱砂点缀下，整个人都显得红光满面。当被让到主席台的时候，才感觉到脖子有点酸，用手掂了掂，估计有一两公斤重的花环挂在脖子上。疯狂还远远没有结束，一阵轰鸣，一架直升机升起，漫天撒起了花雨……

美好的开营仪式结束了，整个营地的创作环境，又让我们愁上眉头。我们都住在山里的帐篷，工作的电时有时无，更别奢求电压了，没有气泵，更没有起重

• 盛大的开幕式

设备。石头需要翻转，就根据石头的体量，召唤人手，“嘿呦嘿呦”的号子声代替了“嘟嘟”的马达。当地艺术家并没有太多的创作营经验，我俨然成了技术指导，这里说说，那里干干。从国内带来的工具也成了抢手货，连着两天，工具和人都在外面转，我的石头纹丝没动。第三天，我的雕塑开始创作了，《里面有个人》。

我们所在的小镇，看起来很贫穷，但不影响他们的乐观和对艺术的热爱，人和人之间的帮助，在这种比较困难的创作环境下，显得像金子一样闪闪放光，歌声、笑声、舞蹈伴着尘土从日出到日落，从月圆到月缺。

转眼创作营就结束了，一个怎样隆重的闭幕式等着我们呢？

早晨起来的时候，附近村子里的孩子跑到我的帐篷前，告诉我，营地附近的飞机场修好了。这是一个怎样的机场？我好奇地跟着孩子们跑过去，“机场”就在创作营地附近也就是一二百米的样子，几百平方米的一片土地，他们所谓的修，也就是洒了一些水，清理清理杂草，以便直升机起落的时候，不至于有很大的灰尘。随着太阳升起，各兵种从四处集结，所谓的各兵种，只是因为他们的着装不同，大约是军警宪兵特警之类的。粗略估计，人数一千左右的样子，

• 《里面有个人》

没有重武器。

各色人等也大都是一天前从加德满都赶来，大多都是艺术机构和艺术院校的。大约十点，雕塑营区已经开始戒备，进来的人也要进行安全检查。在之后的一段时间，附近的村民人山人海地拥来，年轻人居多，不像中国年轻人外出打工，农村留下的基本都是大爷大妈了。

闭幕式，也算是颁奖礼，看得出来，今天来了一些大人物，第一排正中间坐的一个很慈祥的白发老头，这个位置是我开幕式的时候坐的。他身后不足一米的地方站着一个穿迷彩服的小伙子，很高，很帅，形影不离。旁边还有几个，或是军人，或是官员，他们个个都戴着耳麦。旁边当地的艺术家，给我介绍了这个老人，不好意思，我没听懂。给我颁奖的就是这个老人，颁奖之前，我委托其他的艺术家，帮我拍照片。老人把奖状递到我手里，我捧着奖状冲着相机摆 Pose，直到旁边有人捅了捅我，我才看到老人还一直举着手，等着我握手呢。赶紧，我抽出一只手递上去，老人的手很柔软，都说大人物的手是软的。

回到加德满都，和当地的艺术家朋友聊天，看照片。他指着那个老人用很羡慕的表情说着话，我感觉这个大人物应该分量不轻，我用我经典的中式英语

• 人山人海

问："这个人在你们的国家是 NO1？ NO2？ TOP10？（第一？第二？还是前十？）"回答是"NO1"。到了北京和朋友上网搜索，先搜"尼泊尔总统"，不是，再搜"尼泊尔国王"，现在也不存在了，接着搜"尼泊尔总理"，就是他了，一张他和我们温总理握手的照片，是那种标准的握手照片，两人并排面向前方，脸上带着不露牙齿的微笑。我这个后悔啊，怎么没和他照一张这样的握手的照片哪？还让老先生举着手等了我半天。马上找当时的照片，还好有一张我们伸出手准备握的那一瞬间。尼泊尔老人在画面里只露出了三分之一的面孔，还好能分辨出是谁。摄影师没经验啊，那张脸比我的脸重要多了。咱以前也没有过和国家领导人握手的经历，只听过。

我以前的领导崔永元老师，我们背地里都叫他小崔，在一年春晚演出的小品很是成功，获奖演员要获得国家领导人接见。受接见之前，他和宋丹丹商量，说你看没看到，所有被领导人接见的，脸上都乐开了花似的，这次啊，咱们就不乐。领导人和春晚演职人员的见面活动如期举行，事后，两人看当时录像的时候，发现乐得比谁都灿烂，乐得都快像哭了。

就是一个激动，也有和领导人一握手，就激动地哭得一塌糊涂的。1998 年发

• 和大人物握手

洪水的时候，国家领导到我们哈尔滨一个农户家慰问，那个农户哭得啊。后来有人问，你家也没啥太大损失，咋哭成那样啊？回答：你握手看看。当握到大人物的手的时候，我们激动得不知道是笑好，还是哭好了。

再看当时的照片，自己乐得合不拢嘴，满脸都是褶子。但笑比哭好。

12

飞得更高

对于我来说，这是没有冬季的一年，在北京还很寒冷的时候，我领略的是南亚温暖的冬日。

巴罗达曾经是古印度的一个小国，在印度的中西部，我们创作营的所在地是巴罗达的乡下。这个城市既远离新德里的北印文化旅游核心区，也远离加尔各答和孟买两大城市，所以对一般的中国游客来说它是陌生的。这里是印度圣雄甘地的故乡，而且他的精神至今还深深地影响着这里的生活习惯。

来印度，我们迟到了，说到我们，这是因为和我同行的有一位清华美院的王小惠老师，因为我刚从尼泊尔回来不久，要办理印度签证。还在北京的时候，我就已经听到了来自印度洋海边夏天的呼唤。提前到达的艺术家大都是老朋友，他们没有忘记把率先领略的海风和阳光 Email 给我。对我来说，紧张的一年就要结束了，这是没有冬季的一年，在北京还是冬季和雾霾天气的时候，我领略的

• 雕塑《飞得更高》

是南亚温暖的冬日。

事实上，这里的创作营确实是最轻松、最休闲的一个，不同以往，这是一个非常纯粹的私人赞助的创作营，营地是赞助商的私人庄园。从下了飞机开始，我见到的都是印度的拥挤和混乱。当接我们的汽车一进营地的时候，我想起了一个人——陶渊明，这简直就是一个世外桃源。这里鸟语花香，人和动物和谐相处，当地人叮嘱我们要注意关好门窗，小心丢东西，不是因为有贼，是因为常有一群猴子来造访。我和这群猴子邂逅过，是那种尾巴长长的大猴子，黑面孔，印度猴子很多，印度人不招惹它们，它们也不招惹人，比峨眉山的猴子乖。千小心万小心，还是有疏忽的时候，一天睡回笼觉，忘了关门，猴子倒没来，只是几只小松鼠进屋觅食，我发现后也没打扰它们，屋里也没啥吃的，让它们白白地跑了一趟。

这个庄园的主人，是个企业家，也是一个收藏家。他的这个庄园几乎就是一个艺术的殿堂，除了有大小数间展厅，还有陶艺、版画、雕塑、金属的几个工作室，以及散落在林荫草坪间十几栋艺术家住的别墅。在这里，举办雕塑创作营不是第一次了，而且还举办过陶瓷、版画创作营。这里的艺术品多得数不清楚，

• 我们在印度的世外桃源

有的是创造营留下来的作品，有的是收藏品。我们到来的第一天，庄园的主人就来见了我们，一个纯粹的有钱人，我原本是有些仇富的，但是当富商罩上艺术的光环，就散发出贵族的气息，这种气息，在国内还是不容易闻到的。有钱玩艺术，和玩艺术为了挣钱，显然前者看起来更高贵一些，我仇富的心里顿时没有了底气。

庄主结交各色艺术家朋友，其中最传奇的一位艺术家，是巴罗达的国王。可惜的是，他已经去世了，我们没能有机会接近这位印度的“宋徽宗”。不过，我们依靠庄主的关系，还是参观了一下巴罗达国王的王宫，现任国王是去世国王的儿子。至于目前这个国王享受什么样的待遇，我不得而知，但是看他们的生活做派，还延续了很浓的宫廷味道。

这个雕塑营之所以轻松，是因为这是一个有助手的创作营，庄主的目的很简单，收藏作品，结交贤能。以至于表面上的一些社交活动一样也没有，在世界上最拥挤的国家，我们却享受最清净的创作营。想到雾霾中的北京人民，我都会感到一丝丝的内疚，没有和祖国人民一起同甘共苦，这是不是不义之举？

13

孔雀东南飞

这里繁花似锦，绿树成荫，更是动物的乐园。人和动物互敬互爱，相安无事。

在中国，我们住的这样的庄园一般叫作“度假村”，早些时候叫作“疗养院”。我还是更喜欢叫作“庄园”。这里繁花似锦，绿树成荫，更是动物的乐园。人和动物互敬互爱，相安无事。冬季的巴罗达，天空永远是那么蓝，蓝得会让你觉得单调，对于生活在北京，经受过旷日持久的雾霾的考验的鼻、口、气管、支气管、肺等诸多器官，终于可以好好休休年假。

每天七点半左右，园子里会洒满朝阳，这个时候是动物最活跃的时候。动物起得比人早，它们不需要每天晚上电脑、电视、卡拉 Ok。如果，我们远离这些，起得也会很早，看到太阳刚升起的那一刻，用一句时髦的话，会让你充满了正能量，那种久违的满足感，别不信——那么多动物都能体会朝阳带来的乐

• 早晨晨练的猴子

趣，没有理由我们人类体会不到。如果你体会不到，不是因为乐趣不在，而是因为你和大自然的乐趣之间隔着太多东西。如果你有机会看到眼前的动物世界，干吗要看电视里的动物世界；你又怎么知道，电视里看到的动物不是在演戏？为了眼前真实的动物世界，在印度的一个月中，我持续保持着早睡早起，支持我的主观动力是早起走进动物世界，客观原因是北京、新德里时差两个半小时。

每天早晨起床以后，我都要小心翼翼地打开窗户，是担心会惊扰了在窗前觅食的孔雀。孔雀是这里的国鸟，每天，我们都会碰到数以几十计的孔雀，从最初的“快看、快看——孔雀”，到你吃你的生米，我吃我的烙饼，相隔十几米互不打扰。这里的孔雀都没有很长的尾巴，也很难看到开屏，以至于我经常怀疑，这些孔雀中是否有“纯爷们”。屋子后的树林，是孔雀栖息的地方，我们经常可以捡到很多各种各样、花色各异的羽毛，黑的、黄的、绿的、花的，这些都属于孔雀，它身上拥有的颜色，超过了你的想象力。尾部长长的羽翎也捡得到，只是有些残缺，自然脱落的羽毛自然比不上昆明花鸟市场，从尾巴上生拽下来的整齐光鲜。动物身上的每一部分都是为了它们的生存、繁衍服务的，眼前，我们看到的那种美丽，是和大自然配套的。这种美丽不需要取悦其他高等动物，类似于美白、丰胸，夸张胸大肌、斜方肌、背阔肌，它们是不需要的，原因不

• 窗前的孔雀

仅仅是没有健身房和丰胸药。

那种大尾巴的孔雀并不适合这种野外的环境，天天背着一个扫把，怎么可以飞得高，飞得远，孔雀这种硕大的鸟类飞得不高也不远，受到惊吓的时候，一跑了之，跑得挺快。我没有试图和它们比过赛跑，在高中、大学时，我曾自诩短跑选手，但你知道的，孔雀并不会遵守游戏规则，跑不过你，它就飞，欺负你没翅膀。面对这种不“公平”，人类发明了枪。看着飞着远去的孔雀，我恳请大哥，还是让子弹飞一会儿，再多飞一会儿。

孔雀是我们的常客，赶上特殊时候，还会来一些稀客。庄园旁边的那条河，是入海口，早晚会潮起潮落。在有弯弯的月亮的那几天，这条河迎来最大的潮汐，这个时候，很多鸟类聚集在河边，这是它们最佳的捕食机会。性质像东非动物迁徙中，等在河里吃羚牛的鳄鱼，样态当然要优雅得多。这些鸟不知从哪里来，过了这几天又将回到哪里去，我们也叫不出它们的名字。

• 河边的捕食者

No.5

方脑袋

“方脑袋”是中国西南一个俗语，大概就是笨小孩的意思。方头方脑的不仅有动物，也有人。方脑袋让生物之间有了相同的基因。在当今这个复杂的社会中，简单、愚笨、单纯或许是更好的选择。

俄罗斯·贝加尔湖《兄弟：拉一把》

俄罗斯 · 楚瓦什《兄弟：抱一抱》

丹麦 · 霍耶《方头方脑》

①

授拳

既然大家对中国功夫感兴趣，我也就顺水推舟，准备教大家自学的太极拳。

土耳其的创作营有九个人，来自土耳其、美国、意大利、古巴、日本和中国，八男一女，平均年龄 52 岁，除了我，其他人都是“50 后”或者“40 后”。人岁数大了就会特别注意养生，这一点在东方世界尤为突出。日本艺术家名字叫 tanaka，写成汉字是“田中等”,1949 年出生。他不知道，这一年出生的人，在中国是共和国的同龄人，一般名字叫作“建国”，他应该叫“田中建国”。这位老先生每天早晨开工之前，总要做一套广播体操，纯日式的。动作简单，但舒筋活血的效果还不错，慢慢地我们几个也加入了晨练的行列，开展全民健身活动。有一次晨练结束之后，这个日本艺术家，让我教大家中国功夫。中国功夫片看多了吧，以为是个中国人都会功夫呢。

• 决斗

这样的想法，不光他有。有一年在埃及，我一个人在开罗街头溜达，迎面过来一黑大汉，足有一米九的样子，手伸开像蒲扇，攥起来像蒜缸，脖子那么粗，胳膊那么粗。大汉走到我跟前，吓得我不轻，不过接下来的动作，我都差点乐出声了。只见大汉在我面前站定，双手抱拳，用浓重的尼罗河口音说了句“布鲁斯李”。这个“布鲁斯李”是李小龙，难道人们说的“头脑简单，四肢发达”就是眼前这哥们儿，我赶紧澄清我不是“布鲁斯李”，再补充一句，也不是“杰克成（成龙）”，我倒想说你知道中国的女航天员刘洋吗？我俩重名。一想算了，他肯定不知道，国际知名度还不如苍井空呢。不过，最后一句最重要了，我说我不会功夫。我担心他想以武会友。

再回到土耳其，既然大家对中国功夫感兴趣，我也就顺水推舟，准备教大家自学的太极拳。有句话，拳怕少壮，就算哪位大叔大婶想和我切磋切磋，我也不至于扫了中国功夫的颜面。不过你也别小瞧这几位，外国人人高马大，吃的都是牛羊肉，身上都是疙瘩肉。第一天，效果还不错，我利用从《太极张三丰》《武当》等片子中学到的招式，教他们什么“白鹤晾翅”“怀抱琵琶”“野马分鬃”，就这么教了几天，有一个哥们儿问我，为什么，这几天教的内容前后都是不一样的。“露馅了”，自知理亏，我马上向他们保证，我一定要好好学

• 罗马角斗场的“小天鹅”

习太极拳，下次见面的时候教他们。说话还是算数的。我在网上搜了一套最简单的太极拳“陈氏太极 24 式”，苦练起来，当然这是后话。

自从我的太极拳教头被罢免之后，日式的广播体操再次复兴。日本也有很多搏击之术，相扑的吨位标准，当然不适合我们。但不是还有剑道、柔道吗？总比小学广播体操强。中日武术虽源于一脉，如今却是各不相同，同样是剑，日本人讲究实际，我在日本学校参观的时候，看到很多日本的小孩子学习剑道，全套的护具，从头到脚，剑是竹的，用四片竹板外加刀尖皮及握柄皮组合而成。这可不是花拳绣腿，我那天的印象里只有三招，比程咬金还少半招。简单说这三招就是，砍脑袋、砍脖子、砍腰，招招致命。在日本这叫作“剑道”，在我们国家，这个就叫作“剑术”了。在各大中小城市的街头，都会有这么一群人，穿着缎子的练功服，手掌一柄锃光瓦亮的“龙泉剑”，在“高山流水”的古琴伴奏下翩翩起舞。招式也是“白鹤晾翅”“怀抱琵琶”。这也是中国人的“尚舞”精神啊。

中日关系，时常会紧张，有些人应该是抗战电视剧看多了，以为派出去一个敌后武工队，就可以搞定一个师团。你可要知道，我们在战争中付出的生命代价是日军的近十倍。

在很多年前，我曾经在一部很出名的电视剧中出演了一个日本兵，强调一下，不是群众演员，属于“参加演出的有……”这个序列，片尾有人名，还有片酬的。在戏中的我“死”给了中国人，还得到了死亡补助 10 元钱，这是剧组的另一个潜规则，图一个吉利。这部戏叫《我的团长我的团》。

2

地名考

还好，我是乐天派，走之前，在『富士山下』的站牌处留了一张影。

法国雕塑营的基地在诺曼底，就法国地名来说，诺曼底的知名度仅次于巴黎。“二战”的时候，英美联军就在这儿的海岸登陆，这一段历史被用各种语言写进了中小学生的历史课本里。相信不会有人承认没有听说过诺曼底，那不等于变相说自己初中都没毕业。就这样一个赫赫有名的地方，在地图上却查不到，询问英语蹩脚的组委会主席，他告诉我要到的那个火车站的名字叫作“沙龙”。很多地方就是有名无实，我们都知道“关里”“关外”，你在地图上却找不到。关于地名的乐子还很多，我们有北京、南京，而东京却跑日本去了。黑龙江有个地方叫三江口，是三条江交汇处，这一带又叫三江平原，这儿土肥水美，养育了几千万人口。还有一个叫三江口的地方，在湖南和广东的交界处，这里也是三条河交汇处，可是这三条河宽度合起来也不过四五米。

再说北京，北京有两个北苑，一个在北面，一个在东面。北京有个地方叫六里桥，在西三环，还有个地方叫八里桥，在东五环，这两个桥中间，就是天安门，也许天安门以前就是七里桥。至于一里桥、二里桥，你就慢慢推算吧。

我在国外也经历了一次地名误区。几年前去日本拍纪录片，住在东京的后乐宾馆，这里的工作人员会说一些中文。一天，趁着没有工作，我决定出去旅游一下。第一次到日本，我想富士山是一定要去的啊。头一天晚上，到楼下的服务台，向工作人员咨询如何去富士山，日本人工作态度就是认真，但我至今无法确定他是日本人还是中国人。反正就是这个人，在网上帮我搜索，打了长长的一个单子。我一看，大体看得懂，就是从哪个地铁转哪个地铁，再转哪个轻轨，再转哪个高铁。日本的地铁和日本人一样认真，几点到，几点走，中间有几分钟的转车时间，都写得清清楚楚，落实起来也丝毫不差。看着这张富士山攻略，我心花怒放，整个晚上都在和同行的人炫耀，明早就不和你们共进早餐了，晚饭估计也赶不上了。

第二天一早，我就收拾细软，带着攻略出发了。攻略非常详尽，再加上此前我也经常坐日本地铁，关键的几次转车还有好心的日本人帮助，所以一切顺利得很。我坐在最后一辆的列车上，看着日本秋收的场面，才知道原来日本也有农

• 群马县

民啊。中午的时候，我终于到了“富士山下”这一站，站台很小，没有旅游区那种繁华。心想日本的景区和中国的就是不一样，也许我到的是富士山的后门。站台周围都是山，放眼望去，也看不到富士山的影子。我找了个地方先享受了一顿午餐，就开始打听怎么去富士山。日本人英语本身就不好，山里的日本人就更差了，找了几个人也没问到确切的方向。这时候我已经做好了，可能还要倒车的准备，谁让山区大啊。我边打听路，边往山上爬，心想到了山顶视野就开阔了。爬山的时候还遇到一个同行人，我心里就更觉得稳妥了。我们边走边聊，他应该是一爬野山的驴友，当他知道我的目的地是富士山的时候，他用笔在我的本子上写道：这里是群马县，而富士山在静冈。在东京塔还可以远远地领略富士山，在这里连个影子都没有。整个是南辕北辙，富士山在南面，群马在北面。原来“富士山下”不在富士山下车啊。

还好，我是乐天派，坐火车回来之前，给“富士山下”的站牌留了一张影，很多中国人都去过富士山，我想知道有人去过“富士山下”吗？这样的糗事，我也不是第一次了。初中的时候，和同学从东北去青岛看崂山，意图寻仙求道，乘坐远郊的客车，直奔崂山站。到了一问，这地叫“崂山村”，崂山景区还老远呢。

• 富士山下

3 学英语

每到一个国家就学习几句当地的语言，是我们这个圈子的人喜欢的事情。

每到一个国家就学习几句当地的语言，是我们这个圈子的人喜欢的事情，就连我都可以说十种语言，像英语、法语、俄语、德语、西班牙语、意大利语、葡萄牙语、阿拉伯语、土耳其语、日语、韩语、印度语、希伯来语，但是每种语言都只会说“你好”“谢谢”“漂亮”。

有些中国人不地道，喜欢教外国人“我是傻瓜”之类的，一看就是没出过门，你到人家门口，被人用阿拉伯语教“你是傻瓜”，你怎么想，看人笑话就是看自己笑话。我喜欢教外国人的几句是“吃饱了”“饿了”，有用、有效、不落俗套。再要学的话，就是“太饱了”“饿死了”，这些应付“你吃了吗？”效果还不错。

阿根廷人说西班牙语，整个南美除了巴西

（葡萄牙语）之外都说西班牙语。我问过阿根廷人，这两种语言有多大的差别，最后得出的结论是，应该比我们普通话和粤语的区别更小，类似于四川话和普通话，彼此不需要互相学习，也能懂一个大概。而且，西班牙语和意大利语也比较相似，伟大的马克思会很多门外语，现在来看也不是啥了不起的事情，相当于我们可以说东北话、四川话、山东话、西北话、河南话。欧洲很小，也就中国那么大（当然这不包括俄罗斯），所以欧洲人之间的往来也频繁，从米兰去一趟巴黎，飞机票才 45 欧元，不过是北京去一次上海。

英语不好的国家是有规律的。比如说西班牙语的国家、说法语的国家。在一次活动上，一个法国人好奇地问，为什么会议的官方语言不用法语？可见法国人对自己的语言是多么自信，他们号称法语是最美的语言。我们学过一个课文叫作《最后的一课》，其中也不乏对法语的赞美，法语作为联合国认可的几大官方语言，再加上很多的非洲国家都说法语，而且还有诸多的法属这个国那个岛的，所以影响力还是有的。英语不好的国家还有一种情况，就是超级大国，在这一点上俄罗斯的艺术家和我们最像。其实也有他们坚持的道理，在一些苏联加盟国和东欧，俄语还是很吃得开的。我在以色列参加活动的时候，组委会为我们安排旅行社的向导居然是个说俄语的，看我们艺术家的组成，想想也难怪，你看罗马尼亚、保加利亚、格鲁吉亚、白俄罗斯，只有我、一个意大利人和法国人不会俄语，反倒成了异类。

上学的时候，英语老师就告诉我们，学好 ABC，走遍世界都不怕。现在发现有的地方也不灵，在南美就不行，就算是会说英语的南美人，说的英语也跟西班牙语一样。在阿根廷，即使英语不好也不影响和人套近乎，套近乎的方式很简单，说足球就行了。而且为了讨好阿根廷球迷，我随身用来劳动保护的护臂，特意选择了一只白色和一只天蓝色的——向“巴蒂”“老马”致意。老马就是马拉多纳，中国人的爱称，北方人喜欢叫“老马”“大马”，南方人就叫“小马”“阿马”，或者“马仔”了。在阿根廷，说马拉多纳应该是很有面子的事吧。哪知道，他们居然听不懂“马拉多纳”，尝试“麻拉多纳”，对方也没反应，“妈拉多纳”“骂拉多纳”都没用。各种音调的排列组合都无效，“马拉多纳”是谁给翻译成中文的，有没有点责任心？咋就不知道和国际接轨呢？不过“梅西”这个名字翻译得就不错，一说就听得懂。

这些说不明白，并不影响我成为媒体追捧的对象，距离最远，面孔东方，物以稀为贵嘛。听说，整个罗尔丹市只有一家中国人，他们开了一个超市。以前中国人在外面全开饭店，如今超市这个领域也被占领了。

• 这个身高的记者应该采访 NBA

阿根廷人会说英语的不多，其实就算他们会，我这蹩脚的英语，也不足以应付采访。即使这样，我居然还接受了一次电台的采访，要知道电台是要通过语音的，我赖以生存的“手语”在这种情况下毫无用武之地。虽然语言不占优势，但凭借我多年媒体工作的经验，还是可以应对的。其实，如果不是个人专访的话，不外乎这么几个问题：

1. 你从哪里来？

2. 你是第几次到 XX 国家，对它有什么样的印象？

3. 你的雕塑表达的是什么意思？

你只要回答，这个国家太好了，天好地好人也好，对方一定很高兴。再加上世界通用的手语这么一比画，说几个他们国家的名人，他们就瞬间把你当成自己人了。但是面对国外的电视采访，还有个最大的障碍。有一次在阿根廷，不知道哪个电视台的摄像师，这哥们儿足有一米九，看着高高在上的镜头，我踮着脚，还得仰着头，本就不流利的外语，因为动作的变形，整个发音系统都拧歪了。还有一次在俄罗斯，好不容易摄像师个头和我差不多，翻译却是一米九，给受访的人带来了太大的压力啊。

在阿根廷的那些天，每天都要接受几次采访，翻来覆去就那么几个问题，他们居然也不烦，最奇怪的是……

都不许笑啊，居然我也不烦。

4

在巴西踢足球

『巴西烤肉杯』世界艺术家联队和巴西酒店队的足球对抗赛，如期在一个极其标准的室内足球场举行。

创作营的艺术家从事的是纯粹的体力劳动，但依然精力充沛，所以工作之余的体育运动必不可少。在巴西这个土地上，你不谈足球都不行。

我有一个很模糊的身份——足球二级裁判，多年以前我做过体育记者，也算是体育圈子里的人。这个和足球有关的身份，提起了酒店所有工作人员的兴趣，语言不通不重要，比画一个吹哨子的动作，谁都知道了。他们会和你探讨足球，当然不是探讨中国足球，他们也不知道中国人是否踢足球。我和他们说：你知道吗，最早的足球发明在中国，古代有个叫高俅的，因为足球踢得很好，就当部长了，有点像你们的体育部长贝利。他们听乐了，我也乐了。足球是否起源中国，暂时不论真假，就凭我们的足球水平，还好意

• 我们的啦啦队队长

思说，真叫人家笑话死。我羞于踢足球，同行的艺术家可不羞于，一场世界艺术家联队和巴西酒店队的足球赛一触即发。都是我这“足球裁判”闹得。实不相瞒，我的足球水平，是班级主力前锋的不二人选。大学的时候，我们班级有20个男生。虽然接不稳球，盯不住人，但仗着体力好，速度快，我们硬是打开了一片天地，纯粹傻小子的打法。

“巴西烤肉杯”世界艺术家联队和巴西酒店队的足球对抗赛，如期在一个极其标准的室内足球场举行，时间定在了我平时游泳训练的时间。巴西酒店队作为东道主，为我们提供了服装、球鞋、球袜、饮料等一切设备和补给，还赞助了我们一支啦啦队。酒店作为旅游窗口单位，美女是优势资源，在这个行业美女就是生产力。

先介绍一下我们的出场选手吧：

边锋德国人托贝尔，他的国家曾经获得过四次世界冠军。
中锋意大利人卡奴，他的国家获得过四次世界冠军。
前卫阿根廷人萨科，他的国家获得过两次世界冠军。
后腰西班牙人克里斯托巴，他的国家获得过一次世界冠军。

• 双方友谊合影

后卫中坚是个拥有两个世界冠军的法国人，顺便兼任守门员。
最重要的是一个可兼任前锋、后卫、中场、裁判、啦啦队的多功能选手，来自亚洲三十二强之一的中国。

国际艺术家联队背景强大，抛开一个世界排名最高分，抛开一个世界排名最低分，平均排名世界第三，得过十多个世界冠军。

巴西酒店队的组合，有厨子、门童、服务生、前台、秘书、司机，因为这个城市主要是意大利人的后裔，所以没有类似小罗、贝利之类的黑面孔，对我来说是一群高高矮矮的贝贝托。

比赛在友好热烈的气氛中响起了开场哨，耳听为虚，眼见为实，区区一个小城的酒店队，居然个个可以“踩单车”，这要是在中国都是球王啊，而且不仅仅脚法细腻、动作花哨，临门也是奔雷一脚，炮弹一样，多亏守门的不是我。即使是本着友谊第一、比赛第二的原则，巴西酒店队还是大比分领先。这时候，我们的司机师傅看不下去了，衣服也没换，换了双球鞋就上了。这司机师傅，整天一副油光水滑的样子，头型永远被摩丝整得一丝不乱。司机师傅第一脚触球，就光芒四射，只见他中场拿球，拨右路，单车过人，下底、回扣一脚，甩掉后卫，佯传，骗过回防的对方前卫和我们自己的前锋，一脚……没进！但已经足够提气了。

巴西就是少林寺啊，说不好哪个扫地僧就是绝世高手。有了巴西外援的上场，中国球员的下场，国际艺术家联队逐渐控制了场面。在有限的时间里追回了比分。哨声响起，比分精准定格在 7:7，如同排练好一样。我终于理解了，为何在诸多友谊赛上，我们的球队总可以逼平世界进球率，那叫一个尽在掌握啊。

5

烤肉之旅

烤串的大师傅，像一个剑客，剑尖往桌子上一顶，肉的香味和热气就往你鼻子里钻。

班图是一座山城，整个城市都是坡上坡下的，城市的几个入口的标志是葡萄，原来这座小城的葡萄酒全国有名。我们在这个创作营短短不到二十天的时间，就参观了三个葡萄酒厂。我虽然是学食品制造专业的，但依然对其生产工艺没什么兴趣，更何况那些一辈子只做雕塑的哥们儿。我们只感兴趣参观之后的产品检验。很多上好的葡萄酒等着我们品尝，再加上一些佐酒的食品，不知道别人怎样，反正我的舌头和我的手一样的粗糙，根本分不出好坏。可惜了这些好酒和酒商的盛情。

在巴西最出名的酒不是葡萄酒，是一种叫卡沙萨的酒，号称世界五大名酒之一，这种酒在各大超市都有得卖。我也买了一瓶带回国内，并从我们住的那个酒店，学会了酒的调

• 澡堂一样的泳池

制。满杯的冰块，加糖和柠檬，就调出来了。调出来之后，就不叫卡沙萨了，改叫“卡佩尼阿”。这些都不算出名，就像唱戏在名角出场之前，要有一些小小的铺垫。在这里最出名的就是巴西烤肉。巴西烤肉的发源地就是巴西南部的草原，北部的丛林里也就烤烤昆虫什么的吧。

巴西的很多饮食习惯，都来自欧洲，烤肉是地道的南美特点。

这次地道的巴西烤肉之旅，直接去的是当地的农户家。和我们的农家乐差不多吧。屋子附近种了很多葡萄，和我们在市场上看到的不一样，是那种专门用来酿酒的葡萄。走进院子，前面是一个不大的游泳池，池水蓝汪汪的很清洁，没法想象，一个乡村人家也有自己的游泳池。为了证明这不是大户人家在乡村的别墅，我又陆续地在房前和屋后发现了羊圈、鸡笼、猪窝。

院子里，有几间宽敞的大瓦房，其中两间房子引人注目。一间房子没有一个窗户，完全封闭，另一间房子只有两面墙，四面漏风。主人先带我们进入那间没窗户的房子，打开一看，是一个大酒窖，酿造和储存在一起，几个大粗酒桶分别标着日期，一个标准的地下“黑”葡萄酒加工厂。另一间房子则是专门用来烤肉的，在一个家庭有专门用来烤肉的房子，可见烤肉在当地有多么重要。为

• 古堡一样的酒窖

我们准备的肉串已经腌制了很久，主要是牛肉和鸡肉，好像还有一些鸡心、鸡翅之类的，牛肉也分好几个部分。

烤炉是壁炉，有一面墙那么大，整个这间房子的设计都是为烤肉服务的。甚至炉膛中的耐火砖都有讲究，肉串的铁签一端插入耐火砖专门留出的空洞，一端搭在一根长长的铁条上，之所以炉膛不用钢架，是担心铁的导热过快，把肉串的里端烤煳。

烤房里，烤炉边，几个巴西人忙得热火朝天，而且是真正的热火朝天。烤房外，大餐已经开始了序幕。一如既往，先是餐前的开胃酒，酒就是那个“地下加工厂”酿的，加一些冷餐。主菜就是这烤肉了，巴西烤肉就是霸道，签子长、肉块大。烤串的大师傅，像一个剑客，剑尖往桌子上一顶，肉的香味和热气就往你鼻子里钻。

招待我们的方式是真正的家宴，这个家族请来了他们最年长的老者，老太太居然英语还不错。烤肉一种一种地依次摆在你面前，看你的喜好和胃口选择吧。最后得到的结论是我们国内的巴西烤肉模仿得还不错。不过这种在巴西烤肉的发源地，吃巴西人烤的巴西烤肉，还是地地道道，至少没有瘦肉精之类的问题。

• 剑客一样的大厨

说到烤肉，我也算吃过很多种。

韩国的烤肉，大家都再熟悉不过了，不过你可能不知道，烤肉在韩国一般一周也就吃一次，所以韩国朋友到了中国，对我们这种天天可以大鱼大肉的生活习惯，又羡慕又不解。羡慕是天天都可以吃那么昂贵的肉，不解，吃那么多肉你受得了吗？在西双版纳，我吃过一次傣式的烤肉，这是那种很粗犷的民间方式，整扇的排骨放在火上烤。这种烧烤方式很容易就外焦里不熟，所以很多地方，原始的烤肉方式都改进了。在美洲还有一种烤全猪的方法，很好地解决了大动物外面焦了，里面还没熟的问题。用火把石头烧得滚烫，再把石块装入已经清理好内脏的猪的膛内，封好。包上芭蕉的叶子，再把猪放进土坑里并且埋上。石头的热量慢慢地从里往外，然后被封在地下，久久不散，同时被封住的还有烧烤油脂的香气。在中国台湾参加创作营的时候，有一个活动叫作“番薯伯控窑”，这么写也就是一个音译，这几个字电脑打不出来，翻译一下就是“种番薯的老伯窑烤的食物”，也是这样的做法，只是烤的东西是番薯。再有我们的“叫花鸡”也是一样的生产技术流程。

至于烤全羊、全牛、全驼，技术上就没有了障碍，只有你想不出来，没有烤不出来的。

• 祠堂一样的烤房

6

第二春

班图这座小城，满城的春花烂漫。

外国人对假日的看重是我们理解不了的，到点下班，周末关门。要不说我们中国人勤劳勇敢呢，勤劳是说一周当八天用，勇敢就是黑天当白天用，不怕黑。

国外的创作营和国外的人一样。一般周日都会放假，就算是工期紧不给放假，欧洲的艺术家也自己给自己放假，一到周末，我们就相约进城闲逛，这叫度周末。我们住的宾馆给艺术家们都提供自行车，在班图这座小城，这个自行车意义非凡，我们可以环城骑行。外国人骑自行车注意保护，别管骑得怎么样，护具一定要足，架势要像。在法国的时候经常可以看到一群戴着头盔，穿着花里胡哨的紧身衣裤的骑行者，开始还以为是“环法自行车公开赛”，等他们走近一看，平均年龄65，活得真年轻。我还看到过一群老头老太

• 在街头骑行

太，穿着皮衣、皮裤，戴着头盔，骑着“哈雷”，古惑仔一样的招摇过市，应了那句中国的老话：“老要张狂，少要稳。”在巴西，少也不稳，又应了中国另一句老话：“人不轻狂枉少年。”两头都让“老话”说了，咋都有理。

每到周末，城里的青年人就开着车三三两两地出来，甭管是奥迪还是奥拓，轿车还是大货，音响都放得山响，能开顶的开顶，能开窗的开窗，能开门的开门，强烈的节奏，把汽车都当成了共鸣腔。车里连司机在内，都拿着疑似啤酒的东西，随着音乐摇摆，其他人就更不要说了。这些车辆其实走得并不远。很多在路边就停下来了。从车里拿出凳子、垫子，几个人围在一起，说着、喝着。有的就打开后备厢，直接坐在后备厢上，因为我们营地在市区的边上，所以附近的路上停的都是车，放的都是音乐，喝的都是酒。

我们这些艺术家的周末，更环保、更健康，骑着自行车，哼唱着国际版的“在那桃花盛开的地方”踏春去了。班图这座小城，满城的春花烂漫，无论粉的、红的、绿的，所有的颜色都是鲜亮的，对于我，一年有了两个春天，这能算第二春吗？第二春不如四季如春。

这样的第二春是短暂的，创作营结束，该回家了。从我工作的班图要转机里约

• 金秋十月的春花烂漫

才可以回国，正好可以空出半天的时间，去体会一下里约，全称里约热内卢。和班图不同，里约有大量的有色人种，以至于在机场碰到的一个小伙子像极了罗纳尔多，是胖版的罗纳尔多。

里约的出名，源自它的海滩以及海滩上的足球和桑巴。巴西是个十足喜欢阳光的国家，而且他们也拥有最好的阳光和海滩，科帕卡巴纳海滩是里约最出名的去处。海滩上你看不到西装革履或者是衣衫褴褛，只有或白或黑的肤色，或高或矮的身材，或胖或瘦的体态，在一小块或者三小块布的衬托之下翻来涌去。在这个时候象征身份地位的服饰、名车、豪宅，毫无用处。这就是海滩最大的魅力，不嫌贫爱富，阳光也是普照众生，天堂大概也就是这个样子吧。

我在里约的半天，去了两趟海滩。白天，海滩人山人海，很多警察在附近游荡，比较有意思的是看到了一队志愿者，也不知道他们是宣传什么的，每到路口的红灯亮起来的时候，他们都冲到路中央，载歌载舞一番，警察远远地看着，不阻挠，也不离去。晚上，这个海滩就成了商家的乐园，很多小摊贩兜售各样的产品，还有类似大排档的那种路边摊。来里约之前就知道，这里治安不好，更是被告诫这里夜间不要出门，还好有当地朋友的陪同，才可以享受里约热内卢

• 科帕卡巴纳海滩上的沙雕

的夜色。

有个保加利亚的雕塑家朋友卡门曾说，城市都是一样的，所以无论在哪个国家做雕塑，他都拒绝参加游览城市这个环节，颇为极端。我随着去过的国家增多，看的城市多了，觉得他的判断也有他的道理，这种判断是那种阅城无数的大智慧。但其实，这世界上每一个城市都不一样，甭说外国人，就是中国人都会认为成都和重庆是两个非常近似的城市，火锅辣、妹子辣。但问起这两个城市的人，他们却认为形同水火，彼此说出了种种不是。很多城市的区别，不是看就看得出来的，是要来品的。而里约则一如巴西的桑巴节奏，不用你品，看着就是不一样，哪个城市桑巴舞可以连跳五天五夜，哪个城市有百十个海滩？

半天的时间，转眼即逝，夜幕已经挡住了远处山上的救世基督像。

南美再见。

• 远远的，他就在那里

7 绿林生活

尼泊尔的创作营，让我感觉到好像是回到了农耕社会，生活一下子变得简单了。

尼泊尔的创作营，让我感觉到好像是回到了农耕社会，生活一下子变得简单了，开始还真有一点不适应，不过慢慢就好起来了。

创作营就在山沟里的一块比较平整的土地上，我们住的帐篷就在四周是山的林地里。林子是松树林，一棵棵树木笔直笔直的，紫红色的帐篷在林地中错落有致地散落着，看起来还是别有一份情趣，但走进帐篷里还是和心里的预期相差比较大。帐篷里空空的，只有简单的被褥，刚开始的几天，帐篷里用电都是个问题，不过比起野外生存还是好多了，大家知道我是曾经走过长征路的人，穷山恶水见得多了，目前的状况也不觉得有什么了不起。但对于有些欧美来的艺术家，这些就显得很残酷了。生活在大都市的艺术家住一下帐篷还是新鲜的生活体验，但是当水、电、

• 绿林山寨

厕所、洗澡都是问题的时候，就会有点恼火了。

电是因为人工发电，时有时无，每当停电的时候，艺术家们就举起各种牌子的手机，或是聚光，或是散光，或明或暗，把整个饭局搅得光怪陆离，有句歌词唱得好“手机闪闪亮，照我去吃饭”。没有电的夜晚，你才会发现月光和星光，还有手机光的浪漫。连加德满都的电都那么不靠谱，更何况这荒山野岭的，虽说没电，但手机的信号还是有的，这一点对我们国际艺术家没有任何意义，反正没人会没事打国际长途。不过庆幸的是可以用无线网卡，就一个网卡大家轮流来用，每天也就十几分钟，不过足够了，足够让那些关心我的人和我关心的人知道我还在地球的某个角落顽强地活着。

厕所，还不错，是有门的，也有棚顶，比我们 80 年代的茅坑还是要好一点，就这厕所还是我们到了以后在几天内改造出来的。同时改造的还有个大众浴池，是淋浴不是盆塘。这个国家的人在公共场合洗澡，比我们有经验多了，他们压根儿就不脱内裤，穿着一起洗，这样的洗澡方式，无论是在尼泊尔还是印度，即使是在车来车往的大马路边上，依然可以看到满身涂满肥皂的印度人。我们一共有 20 多个雕塑家，只有一个女的来自时尚之都巴黎，这样的厕所、淋浴

• 食堂外景

对于这位法国女郎来说，的确有一些残忍。一个不知是好心，还是另有所图的意大利雕塑家，护花使者一样每天把她送到镇里的一个家庭旅馆。别说我吃不到葡萄说葡萄酸，说是法国女郎，但也好大一把年龄了，让那个年龄的人和那个年龄的人去发生那个年龄的事吧。其他几十条好汉，继续我们啸聚山林的绿林生活，喝酒、吃肉、唱歌、跳舞是绿林生活的主旋律。谁说占山为王就一定要打家劫舍？

每天收工后，吃饭前，就是我们的“酒吧时间”，酒吧就在一个帐篷里，很小，能坐十个人左右，其他再来的人就在门口站着喝。酒是散装酒，和我们 80 年代的好有一比，装在大塑料桶里，可以管够；酒有股土腥味，大约也是米酒一类的，以他们的科学技术和智慧水平，绝对做不出来勾兑酒，勾兑技术那可是我们科技发展的见证。

喝酒很安全，喝水就不敢恭维了，这个国家的人还一直有喝生水的习惯，同样是生水，他们国家和我们国家污染的方式有很大不同，我们是工业废水污染，他们是天然细菌污染，一个污染两个专业方向。所以我一般都是喝瓶装水，过了几天我发现，他们居然还有往瓶中装生水的习惯，再以后，我只喝没开封的

• 简陋的食堂歌声多

水。就不喝生水这件事情，我也很纠结。当地的艺术家也都喝这个，我是真怕水土不服或者某些传染病，网上的攻略也都有警告。虽说一直没敢尝试，但也不经意喝了不少。其他艺术家也发现了水里有猫腻，就提了意见，善良的尼泊尔人，以后就单独给那几个艺术家提供没有开封的瓶装水，像我就不好意思提，咱也是来自第三世界，和尼泊尔人民平起平坐，这也是对人家起码的尊重。再说就食品安全来讲，我们中国人有资格说谁啊？

我也有我的办法，一旦发现一瓶没开封的瓶装水，就再也不离身，并且把商标撕掉（这可是我做谈话节目养成的习惯，不给人家做广告的机会），一是怕人家偷梁换柱，二是不要喝了半瓶浪费了。如果赶巧发现一个大瓶的瓶装水的话，就可以一连很幸福地喝好几天。就这样一直随身带着，喝完还不算完，用刀扎个孔避免废物再利用。也有光景不好的时候，连着几天都没有看到瓶装水，解决的办法，就是在吃饭的时候，无论是奶茶、酸奶、汤、粥，只要是含水分大的就大量储备到胃里，原本生活中的我就有这种吃苦耐劳、备战备荒的骆驼本性。早年，我在《实话实说》的时候，就被和晶老师冠以“刘长工”名头，今天证明她还是很有眼光的。到最后，当地人也没发现我不喝生水的秘密，或者发现了不好意思揭穿我，他们知道我很愿意喝酸奶，每次都会给我一大碗。真是一天补充水分最好的机会。

晚餐之后，就是卡拉 Ok 时间，一个长鼓，一个短笛，真是天天歌不断，独唱、对唱、重唱、合唱；舞不断，印度舞、日本舞、韩国舞。美好的东西总是最难用语言来描绘，省略号代替。

…………

后来那个长鼓被我用大约 120 元人民币买下了，买的不仅仅是个鼓，鼓里面还装着我们歌舞升平、纸醉金迷的绿林生活。

8

丛林历险记

骑在大象背上，我是丛林最大的王；溜达在北京街头，我不过是奔命的『小强』。

几个人骑着大象，晃荡着消失在扬起的灰尘中，夕阳下的草丛一片暮色之黄……这种只在《动物世界》里才能看到的场景，我也体会到了，而且不仅仅如此。

奇特旺是尼泊尔的野生动物园，别以为动物园就是笼子里外。其实大多数我们能看到的动物的视频，都是在野生动物园拍摄的，有的也叫某某国家公园。尼泊尔这个小国，有着数以千计的动植物物种。1000 元的尼泊尔卢比的背面是大象，500 元的背后是老虎，100 元的背后是犀牛，以下还有鹿、羚羊、牦牛。可见这个国家是以他们拥有如此丰富的野生动物而感到骄傲。

在尼泊尔创作雕塑期间的采风，就是这里——奇特旺国家公园。

• 怎么看都像一个人骑辆三轮车，拉了一头犀牛

我们终于得以有机会骑着 1000 元的动物（大象）去寻找 100 元的动物（犀牛）。奇特旺国家公园以犀牛而闻名，有个犀牛的雕塑在一条繁华拥挤的街道旁，从这个“犀牛”旁边的路口拐进去，就是这个公园的入口处。尼泊尔犀牛是亚洲犀牛的一种，独角、厚皮，但再厚的皮也没办法抵挡喜马拉雅山的寒冷，所以中国野外是见不到的。尼泊尔犀牛是我们今天要寻找的对象。

这个季节，来这里的人不多，几头大象都在高大的草棚里休息，其中一头还悠闲地做着足底按摩，服务项目还包括修脚。

我们一行四人这次的坐骑是一头高大的公象，它背上一个大木箱子，我偷摸地仔细观察，箱子是否绑得牢靠。听说这里的老虎可不是吃素的，而我还有老母幼子。大象俯下身子，我们再爬上一个土岗，人象终于平等了。当大象直起身子的时候，我顿时觉得自己陡然高大威猛起来。随手摘下几片树叶插在帽檐上，感觉自己就是酋长，威风。随着大象的脚步，我们有节奏地晃悠着，心情和视野一样开阔，骑在大象脖子上的感觉，完全可以媲美那句名言“站在巨人的肩膀上”，得意之余，还是没忘了检查一下，木箱是否牢靠。

大象涉过一条小河，穿行在树林中，驾驶大象的尼泊尔人，古印度称之为

• 享受足疗的大象

“象奴”，按照中国的说法，应该叫作“司象”，貌似是高于“司马”的干部。“司象”手持一柄短把小斧，两只脚在大象的耳根有节奏地敲着，这相当于方向盘，指导前进的方向。遇到挡路的树枝，他会命令大象用鼻子把树枝折断。我们一路上屏住呼吸，仔细听着草丛中的动静，最先被我们的相机“射杀”的是一只鹿，不大。第一次与野生动物相遇，我们激动不已，但是随后的还是几只鹿，有的威风一些，有着大大的角，这时候，这只 20 元卢比背后的动物，已经满足不了我们的胃口，我们的目标是 100 元卢比背后的动物——犀牛。

说犀牛，犀牛到，右侧的草丛隐隐看到一个矮矮的小个子，还没有大象腿高。它倒也习以为常，我们也不是第一拨访客了。它连头也不回，给我们一个肥硕的大屁股。我们当然不能满足镜头就是一个屁股，就催“司象”师傅再往前凑一凑。趁着犀牛回头一眸，说时迟，那时快，“咔嚓”几声，在犀牛被大象和它背上几个张牙舞爪的家伙吓跑之前，我们留下了它的靓影。望着这“小家伙”可怜兮兮地逃跑的背影，我们狐假虎威，心满意足，不由得挺起胸膛。

好，旗开得胜，打道回府。

感慨一句——骑在大象背上，我是丛林最大的王；溜达在北京街头，我不过是

• 你看你看，犀牛的脸在变

奔命的“小强”。

以前我听一个外国艺术家讲，他在印尼的婆罗洲骑着大象追踪老虎的故事，并且给老虎写生，当时羡慕得不得了，觉得他可真勇敢，为了艺术不惜性命，想来也应该是这样的旅游项目。

真正在丛林里追踪野生动物，那是很有学问的。有一年我们带的摄制组去山里拍摄蚂蟥，蚂蟥在晴朗的天气中很难被发现，又要到人迹罕见、无路可走的地方，大队人马，老弱病残，器材辎重，上哪里找蚂蟥去啊？迫于时间成本的压力，我们让大队人马就地候命，我带一个年轻力壮、热血沸腾的小伙子，去密林中捉蚂蟥，山里有句话“后怕蚂蟥，前怕蛇”，就是说大队伍前头的人容易遭遇蛇，蛇看到人来了，一般就跑了，后面的人安全，但是蚂蟥恰恰相反，它看到人来就蹦过来了，前面的人过去了，后面的人就危险。有了这样的经验，再加上小伙子血热，不都说热血青年嘛，符合蚂蟥的胃口，我们找了一处，看起来像是蚂蟥经常出没的地方，一起挽起裤腿。让汗味散发得更猛烈一些，彼此观察着对方及周边，这叫舍不得大腿，捉不到蚂蟥。这招果然有效，我们捉了两只蚂蟥，带回营地，布好光，找了几片形状优美的树叶做道具，再有请“主角”出场，一遍效果不好，退回去，再爬一遍。知道有的动物世界是怎么拍的了吧。

• “同象共济”，得多少年修啊

9

穷国的富校车

尼泊尔街头，最威风的车辆不是政府车、企业车、军车、警车，而是校车。

到了尼泊尔之后终于体会到了改革开放几十年来，我们的生活发生了巨大的改变。目前的尼泊尔还是一个地地道道的穷国，走在加德满都的街头，暴土扬长，几乎看不到豪华车，但唯一例外的是校车。

说说尼泊尔的车吧，这次的艺术活动在这个国家应该算很高规格的了，参与的也都是当地的著名艺术家，这个级别的艺术家在中国一般都是开路虎的（艺术家喜欢越野车，你们是晓得的）。但在这个国家，别说路虎，连赛豹都没有，年轻一点的艺术家一般都是骑摩托车，带我们去会场的车，是出租车。我记得主办单位大概相当于中国美协这样的机构，连一辆公务车都没有。

我们的活动在尼泊尔南部的一个镇子，有些

• 校车

距离，组委会给我们租了一辆越野车，大小和我们的越野车差不多，印度产的，核载 11 人吧，每一排都在原来的基础上多挤出一个座位，这就是南亚特色。越野车的上面有货架，以我在尼泊尔的经验，大概还可以坐四人。车顶上坐满了人，门外挂着人，窗外也挂着人，能待人的地方都待满了人，这是印度在中国人心目中经典的画面。尼泊尔的南面，无论生活习惯还是长相都很像印度，坐车方式也是，没有差别。在这个国家，压根儿就没有超载的概念。

我在尼泊尔的街头还遇到过婚车，更是寒酸得没法说。我听说过我们超豪华婚车的车队总额达到了 6000 万元，连保时捷也就当一个摄像车。尼泊尔的车队就两三辆车，一辆可能是拉娘家人的大巴车，里面挤得满满当当，车顶上也坐满了人。即使这样，还有一大群人在地上走，边走边跳，有点像《红高粱》颠轿子的那个桥段，车里车外挂满了花环，即使是再喜兴也无法掩饰车队的破旧。

在尼泊尔的城市和农村，主力车辆就是摩托车。但是时常会有一辆辆品相不错的大巴车驶过，这样的车在尼泊尔应该算是豪华车辆了。绝对不是公共汽车，尼泊尔的公共交通一般车顶上坐的都是人。大巴车的窗户还安有铁栅栏，车尾几个大字“School Bus”——中文“校车”。车上走下来的孩子们，也是我在尼

• 在尼泊尔的孔子学院，学生服也是这样的整齐

泊尔看到的最整洁的队伍了，孩子们穿的校服很像是日本风格，男生西服、西裤、黑皮鞋，女生西服、短裙、长袜、黑皮鞋。不仅这样，连里面穿的衬衫也是一致的，有点军事化的色彩。这样的学生我以前也见过不少，都是来我们创作营参观的，校服的样式没有什么区别，但是各个学校的校服颜色各有不同。这套行头倒是很搭配这样的校车。

当看到尼泊尔街头，最威风的车辆不是政府车、企业车、军车、警车，而是校车的时候，你还敢看不起人家吗？我继续说。几天后，我随我的朋友“buddha”朝圣蓝毗尼，“buddha”是否是他的原名，我也一直质疑，直到他向我出示了他的身份证，我才确信。他邀请我到他的家里去做客。这是我第一次到一个尼泊尔家庭做客，他家住在一个很小的村庄，距离蓝毗尼大约30分钟的车程（摩托车），偏僻得很，村子仅有一条狭窄的土路。“buddha”和他的父母分别住在几间土房里，院子很整洁，但房屋很简陋，我们一起在土房中喝茶，村子里静悄悄的，一下午的时间，只有两辆车从门前驶过，不是乡长的车，也不是书记的车，全是校车。

再说一遍，全是校车。

• 佛的一家

10

千里走单骑

真正的朝圣应该是朝圣的过程，不仅仅是肉体之行，更重要的是心灵之旅。

在尼泊尔艺术家里，有一个艺术家看起来非常腼腆，话很少。他来自四大佛教圣地之一的蓝毗尼，释迦牟尼佛的诞生地，他的名字叫“buddha”。

作为一个佛弟子，自然满怀朝圣的信心。所以在雕塑营期间，我不断地和当地艺术家打听，如何从我们创作营所在的黑道达前往蓝毗尼。尼泊尔的面积 14.7 万平方公里，比我国的辽宁省略大一点。地图显示，两地之间，要是高铁的话，如果不出事故，也就一个多小时。从黑道达到蓝毗尼中间有一个非常出名的景点奇德旺，这是南尼（尼泊尔南部，不是南泥湾）重要的旅游胜地。综上所述，不远的直线距离，连接重要旅游区，应该很容易去的。可是左右打听，才发现困难重重，尼泊尔多山地，很难用直线距离来计算，而

• 我和“佛”骑着摩托去佛诞生地拜佛

尼泊尔的铁路交通，要指望着青藏铁路日喀则之后的延长线了。黑道达没有机场，坐飞机要回加德满都。坐汽车，那你就倒车去吧。即便是在如今朝圣都如此困难，对唐僧当年西天取经顿生仰慕之情，有记载当年唐僧玄奘确实也曾到此瞻礼取经，就是不知道对应的是《西游记》中的哪一个环节。

在其他朋友的引荐下，我结识“buddha”，虽然同为艺术家，但因为“buddha”的少言寡语，我们几乎没有打过交道。只听说他来自蓝毗尼，是释迦牟尼佛地道的同乡子弟。“buddha”面容祥和，举手投足偶现手印，耳朵很大，顿生亲近之念。“buddha”英语不好，摇着头答应了陪我去蓝毗尼的愿望。在尼泊尔，可不是点头 Yes，摇头 No。很多去过尼泊尔的人说这里是摇头 Yes，点头 No，也不正确，当很认真地回答时，也是点头的。所谓的摇头 Yes，其实是摆头，头像钟摆一样的左右有节奏地摆动，回答类似于“OK、OK”，相当于“好好好，行行行，嗯嗯嗯”，是非正式的答应，或者说是非正式场合的答应。“buddha”对我的承诺就是非正式场合的承诺，至于交通工具，是他从蓝毗尼骑来的摩托车。来回蓝毗尼要 500 公里，1000 里，这是真正意义的“千里走单骑”。

选了一个良辰吉日，也就是趁着雕塑创作不吃紧的两三天，我们启程“西天取经”，确实蓝毗尼在正西方，与印度的交界处。天不亮，我们就出发了，早晨

• 蓝毗尼园里的母子，好有佛相啊

雾气甚大，能见度极低，“buddha”作为司机，我坐在他摩托车的后面。虽然做好了充分的防寒准备，但是依然冷得不行，这是12月的尼泊尔，尼泊尔最佳的旅游季节11月也才刚刚过去不久，气候就大有变化。一路上，雾水打湿了衣服，西天取经要经过九九八十一劫，路上吃些辛苦，这也是定数，只是不知道是否经过女儿国。

500里的路，走了将近整整一天，摩托车时速在30~60公里之间，间或喝茶、吃饭。天色擦黑的时候，我们到了蓝毗尼，我深深地呼吸了一口新鲜空气，佛祖就是呼吸这样的空气长大的。目前，蓝毗尼还是很穷困的农业社会，正是秋收季节，没有什么机械设备，还是用牛来耕地，用手动风车来扬场，用女人的脑袋来运输。在这里，搬运东西，女人都是顶在头上，即使是在田间劳动，她们依然穿着靓丽的纱丽。夕阳下，倒是安静祥和的一幅田园画面。看看一张张的面孔，我思索着我们的佛祖大概是个什么样子。

当地一尊最不一样的佛像是一个佛祖幼儿的造像，幼儿身体的佛祖举起一只手，指向天空。我的朋友“buddha”的工作就是给“buddha”做“buddha”，再说一下，就是我的朋友雕塑家“佛”的工作就是给佛祖做佛像。真是一个太吉祥

• 蓝毗尼的小喇嘛

的工作了。来蓝毗尼之前，我为了表达我的虔诚之心，特意做了一个佛像，寻了半天，不知供奉在哪里比较妥当，最后选择了佛祖诞生遗址的一棵树上，恭恭敬敬地摆上去了。

“千里走单骑”的朝拜之旅，最痛恨的就是路况不济。早年的蓝毗尼确实是太被人忽视了，如今有了很大的改观，整个蓝毗尼的商业气氛还不重，当地人都信心满满准备迎来蓝毗尼的商业的春天。如果交通便利了，到底是好事还是坏事？在西藏有人从家乡磕大头去拉萨朝圣，真正的朝圣应该不是到布达拉宫门前的一个合影，应该是朝圣的过程，不仅仅是肉体之行，更重要的是心灵之旅。

• 走在乡间的小路上

11 『逐鹿』巴罗达

我听说庄园附近生活着一群鹿，对动物的偏爱，让我的『逐鹿』行动一直持续着。

和我一起工作的印度艺术家和助手们，都知道我在这里业余时间最大的爱好就是“逐鹿”。他们不知道“逐鹿”在中国文字的另一层含义，我试图向他们炫耀我们悠久的历史文化，彰显我们的祖国是文明古国，但结果是，他们依然不能把打猎和争天下联系到一起。印度的文明里，也有关于鹿的传说。

刚来的时候，就听说在庄园附近生活着一群鹿，这群鹿是这附近和人保持距离最远的动物，以至于我到这里一周了也未能谋其面。于是，我就选择了“逐鹿”。我“逐鹿”的武器是一个名牌的卡片相机。最初的“逐鹿”行动是大规模，所有艺术家都参与其中，有穿皮鞋的，穿布鞋的，穿拖鞋的，夹杂着各种各样“踢里踏啦”“噼里啪嚓”的脚步声，在林中原本只有孔雀爪子印、野鹿蹄子

• 不知天高地厚的狗崽子

印的林间小路上，留下各国牌子的鞋印。注定这种多国部队的“逐鹿”大军一无所获，虽然我们是没有带枪带炮和弹弓的非武装人员。随着“逐鹿”大军不断地减员，我们对野鹿生活的习性也在不断地了解，什么时间，走哪条路线。对动物的偏爱，让我的“逐鹿”行动一直持续着。

功夫不负有心人。很多时候相约不如偶遇，这次和这只野鹿面对面的接触也极其偶然，早晨和印度几个艺术家在园子里遛弯儿，迎面就跑来一只野鹿，个头类似于蒙古马，精壮，无角，应该是一只母鹿。这只母鹿迎面冲来，速度极快，我们慌忙躲开，野鹿发现了我们也急忙离开主路，拐向辅路。让我用赵老师在《动物世界》中的语言来描绘当时的情景：在印度中部，荒芜的巴罗达平原，小鹿和它的家庭迎来了干燥的冬季，食物在这个时候变得紧张起来，它们扩大了自己觅食的范围，改变觅食的路线，不可避免的，它们遭遇了它们的天敌——人类。

在这里，人类这个词用得并不是很准确，应该说“不得不遭遇它们的天敌——中国人”。在印度，人和动物相安无事，在人口密度那么大的国家，无论是城市和乡村，都随处可以看到野生动物。印度人对动物的热爱和尊重可见一斑。

• 重重跌倒的一瞬间

继续解说：在这里，人类不是鹿家族的敌人，觅食的路上它们遭遇了狗群的袭击。

没错，狗作为我们人类的朋友，在本段《动物世界》里，充当的是一个恶人的角色。不久前就听说，几只狗捉到一只小鹿，当地人出面营救，虽然赶走恶狗，救下小鹿，但终因伤势过重，未能挽回生命。这次，三只狗追捕成年母鹿，看起来狗群的胜算并不是很大。狗群追着鹿三次从我们面前跑过，一直在这一带绕圈，狗群也不懂《孙子兵法》，采取围堵、包抄，渐渐地，狗和鹿拉开了距离。最后一次发现这只鹿的时候，它正悠闲地啃着草。这次狗鹿之争，以狗的失败结束。这群狗我们遇到过几次，应该是无主的丧家犬，偶尔会在我们用餐的时候讨点残羹冷饭，附近的一处荒弃的民宅，是它们的栖居地。还有十只左右的小狗，这些狗崽子嚣张得很，每次路过，它们都狂吠不止，反倒是成年大狗对我们礼貌有加，真是“初生狗崽不怕人”啊。它们不知道有些人是吃狗肉的。这群狗应该是当地一霸。

三天后，狗群再次袭击野鹿，这次遇袭的是一对鹿母子。这一次，狗群得了天时地利。

• 打野狗，救小鹿

清晨，正是动物早起来饮水的时候，这对鹿母子误入一个人工池塘，人工的池塘壁，光滑陡峭，母鹿和小鹿多次尝试逃生无果，每每都是跑到一半就重重地滑倒，然后跌回池中，池中的水并不深，两只鹿不断地在水中折腾，让野狗群发现了。对于狗群来说这是天赐良机，天然的屏障让小鹿成了待宰的羔羊。几只狗识趣地把目标直指小鹿，母鹿自己逃生尚且无望，也没有能力顾及小鹿，池塘的这一边是母鹿一次次地冲击，跌倒；那一边是一群野狗对小鹿惨烈的撕扯。动物界的生存法则真实而残忍……

池塘内混乱的场面，也引来了当地人。知道这些天我一直在“逐鹿”，我的助手第一时间跑来招呼我，我来到的时候，我的一些助手和工作人员，拿着砖头、瓦块在轰撵杀红了眼的野狗，还有的人试图诱引母鹿找到容易脱险的池壁。鹿母子，也分不清这些人是敌是友，池塘中一阵慌乱之后，母鹿终于逃离池塘，连小鹿都来不及看一眼就消失在密林中，野狗被一阵“砖林瓦雨”赶得落荒而逃，小鹿带着满身血淋淋的伤，站在池水中颤抖。

我的助手脱衣下水，把小鹿抱了出来，小鹿的肋部、臀部都有 20 厘米长的伤口，肉都翻了出来。流血的伤口，还有惊恐和冰冷的池水让小鹿放弃逃跑，可

• 可怜的小鹿

怜地站在那里打着冷战。我们试图用拥抱给惊恐的小鹿一丝温暖，面对人类的拥抱，小鹿有气无力地挣扎了几下，这不是它熟悉的味道，远处几只野狗依然不甘心地远远地看着，看到几只恶犬，我恨不得马上变成韩国人。

当地人找来了止血药，一面上药，一面打电话给兽医。小鹿在初步处理后，被一种当地常见的三轮摩托送往城市，不知未来的命运如何，但即使伤愈，也很难和它的妈妈团聚了。

• 等待救援

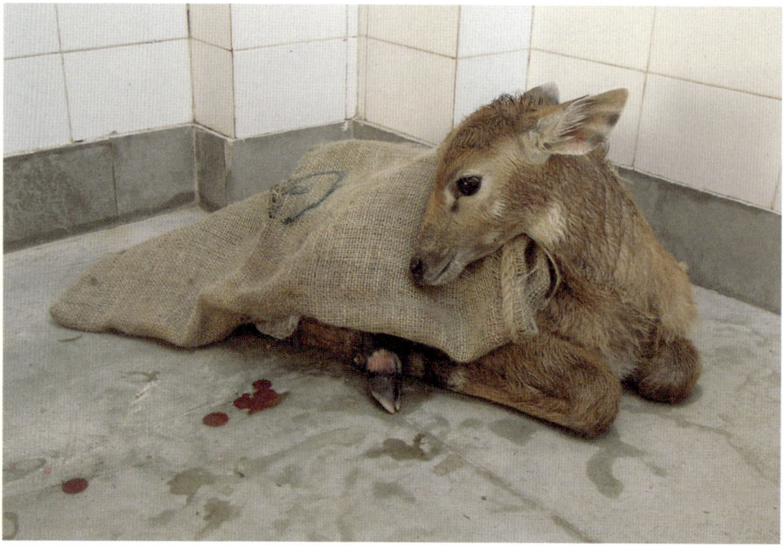

12

青铜时代

发展中国家，有发展中国家的好处，在雕塑创作营方面表现得尤为明显。

发展中国家，有发展中国家的好处，在雕塑创作营方面表现得尤为明显。因为劳动力相对廉价，在印度的雕塑创作营会根据你的需要，配足够的助手。

这次的创作营，主要有两种材料，石雕和金属铸铜。这两种材料的雕塑在历史上都有一个伟大的代表。一个是意大利文艺复兴时期的米开朗基罗，他的代表作是大理石的《大卫》。如果你对米开朗基罗还不了解，看过《忍者神龟》吗？就是那个排行老四，带着橘色的眼罩，喜欢重金属音乐、滑冰、冲浪、电动游戏，善使根双节棍、爱搞笑、爱恶作剧，也热爱涂鸦的 Michelangelo。没办法，有的时候一个乌龟比大师出名。另一个材料的代表人物就是法国的罗丹，他的《思想者》就是青铜雕塑，而他有另外一个雕塑

• 手工式青铜铸造

叫作《青铜时代》。这次我在印度的雕塑就是青铜雕塑。说到青铜雕塑，很多人都问，青铜怎么雕啊。青铜不是雕的，青铜是铸造的。

那啥叫“铸造”啊？你弄一个罐头盒子，里面倒满水，放在冰箱里冻一段时间，记住罐头盒是铁的，别是玻璃的，热胀冷缩还是要懂得。水冻成冰，你再把罐头盒子去掉，于是，一个像罐头盒子一样的冰块就诞生了，现在的你就是铸造大师了。

还有另一种运用铜做雕塑的方式，叫作“锻造”。看过修车吗？修车行业的钣金工人，所干的活就是锻造。就是把金属板用锤子敲变形，修车是把瘪了的敲平了，雕塑就是把平了的敲瘪了。

在印度雕塑营的现场，就有这样一群铸造师傅，不带护具，不穿鞋袜，在铸铜的作坊里忙来忙去，要知道，铜熔化的温度要上千度，别说凑近，想一想都觉得脸发烫。我们这些艺术家一干起活来，打扮得和堂吉诃德似的，周身顶盔掼甲、罩袍束带，甚至武装到了牙齿，我们不是有句话嘛，“高高兴兴雕塑去，平平安安回国来”，安全还是第一的。至于这些铸造师傅，他们是艺高人胆大，还是不要模仿的好。

• 他们是真的不怕烫

这里的铸造方法还是很传统的，用很细的沙子做模具，模具就是相当于那个罐头盒子。有人在沙子上踩来踩去，以便于塑型。这时，才发现了光脚的妙处，两只脚，根据需要力量的不同，小腿的肌肉牵动足部做出翻、压、踩、碾、跺的各种脚法；脚部一些小肌群牵动脚趾做出剜、拧、挖、挤、扣的各色趾法；再加上上肢的摆动，腰腹的扭动，几个人一起舞将起来。就算是这位师傅的大肚腩，或那位师傅的麻秆儿腿，也都和这生产劳动结合组成了曼妙的舞蹈，这就是艺术来源于生活的另一个境界，艺术来源于另一个艺术。难怪印度教的主神是一个舞者，在印度无不舞者。

青铜器在我国也有很久的历史了，商周时候青铜器的名字都古怪之极，我写几个，你可能一个也不认识，甗、甑、鬲、斝、觚、觯，我也不认识，都是网上搜的。这些无非就是一些什么吃饭的、喝酒的、祭祀的之类，不知道也罢。我有个做青铜器的朋友，专门给各大博物馆做仿品。这是合法的，用来展出。但是这些仿品，一旦进入市场，就会以假乱真。所以他教了我一个鉴定青铜器年代的简单办法，这个没准你以后会派上用场：用手指在青铜的内部，抹一下，然后在阳光下，看看是否有亮晶晶的沙粒，如果有，说明还残留着铸造用的型砂，一定是新货；如果没有……也不保证一定是古董。

• 印度工匠婀娜的舞步

印度给我们做饭的师傅，水平不错，食物介于印度餐和西餐之间。

在这个餐桌上，几个典型的餐饮方式，同台竞技。

印度人的手抓饭，他们这个抓法，还不同于我们新疆或者西藏的，我们手抓，抓的都是干的，印度抓稀的。手抓个馒头、米饭还是可以，他们却偏偏把汤浇到米饭上，然后再用手搅拌，汤当然带着厚厚的咖喱味，饭也被搅得黄乎乎的，这么说容易坏了胃口，还是说“黄灿灿”的吧。印度抓饭最经典的动作，是吃完一口还把粘在手上的饭粒抖落到盘子里……吃饼的时候，也与我们不同，我们一般两手把饼撕成几块，他们只用一只手撕，用右手的小指和无名指把饼压在盘子上，

• 标准印度餐

动用大拇指和食指撕下一小块，都说印度人的左手是那干啥的，不能用来吃饭，这里说吃，就不提那个词了。

同样是一张饼，西方的艺术家处理起来也很搞笑，本来一张饼，拿起来咬着吃多省事啊，他们一定要把饼切成一小块一小块的，用叉子叉着吃。不仅是饼，苹果也切小块，香蕉也切小块，怎么不把汤也切成块喝啊。难道他们不知道，人类的门牙是用来切断食物，犬齿用来撕扯食物，槽牙是用来咀嚼食物的吗？看看他们的牙，结构和我们也没区别。汤是没办法切的，他们就发明了勺子，大小还不同。同时，他们很惊奇地问中国人，你们用筷子怎么喝汤？我都懒得回答，猴都会。吃起面条来就更笨了，用叉子叉一缕面条，然后就绕啊，绕啊，绕啊，直到把面条绕成花卷。真是笨得灵巧。有机会，一定向他们展示一下中国筷子的魅力，不仅吃面条，还能吃花生米。

基于这个原因，我们两个中国人灵机一动，准备举办一个中国之夜，在那一夜，我们要吃中餐，喝中国酒，听中国歌。

中餐的博大精深，我在前面已经讲过，但显然我们都不是中国美食文化的代言人，王小惠老师的标准可以达到一个合格的家庭主妇，我的标准则是两头不靠，往高处说，我是正儿八经四年本科的食品专业毕业生，纯专业；往低处说，厨房里的柴米油盐酱醋茶，我勉强可以分得出来，我的长项是煮白粥。为了这个“中国之夜”，厨房的师傅们做了充分的准备，我们也是就地取材，选取了几道“容易”操作的菜，类似于“鲍汁花胶扣辽参”“酱野菌炒胭脂蚌”“江米酿鸭子”“清蒸八宝猪”我们就不做了。

我奉献的拿手名菜是“雷击小青龙”和“五星红旗你是我的骄傲”，这两道菜可不一般。先说“雷击小青龙”，“龙”是中华文化的代表，“青龙”讲究就更多了。这道菜，不但名头威风，在中国民间更是影响深远，首先把三根碧绿的黄瓜洗净，平平地摆在案板上，见证奇迹的时刻到了。说时迟，那时快，只见一道白光，我抡起手中的菜刀重重地拍在黄瓜上，这就是“雷击小青龙”，还有一个名字叫“拍黄瓜”，你说，为什么“黄”瓜是“绿”的呢？另一个名菜“五星红旗你是我的骄傲”，我就不故弄玄虚了，是“西红柿炒鸡蛋”。还有一道我演砸了的菜叫“拔丝土豆”，虽然我多次电话咨询我们家的“厨师长”——我老婆，要领、火候，也倒背如流，实际操作，还是不行，回家要努力了。

菜上桌了，王老师有心，还带了中国的筷子，但不多，算是公筷吧。面对一桌子中国菜（食堂标准，四菜一汤，饭后甜点就是失败的拔丝土豆），各国人再次展示他们的用餐方式，其实看起来也都有些优点。印度人两只手是各司其职，一只手抓、拧、撕、捏，对付食物，另一只端盘子、倒茶水、挠脸、揉眼睛、抠鼻子，忙而不乱，不会像我们啃个猪蹄，弄得两个手都油乎乎的，弄得盘子、碗里碗外哪儿都是。西方人，虽然笨一点，但看起来很优雅，盘子不动，脑袋也不动，只有刀叉上下翻飞，不像中国人，喝汤的时候，把盘子端起来，吃面条的时候，把头或仰或扭，总之要口朝上，迎接筷子上从天而降的面条，这还算好的，比低着头往嘴里吸面条，还发出“哧溜、哧溜”的声音要好得多。

中国人无酒不成席，酒是北京的二锅头，瓷瓶装的，瓶口扎着黄缎子，样子比味道更讨外国人的喜欢。

席间飘荡着优美的中国歌曲，名字是《难忘今宵》。

• 中国之夜

后记

这本书的完成，在一个很特殊的时期。这个时期，对未来会产生怎样的影响，一切未知，但是时间会给出答案。此时就是新型冠状病毒肆虐全球的时期——2020 年初。

2020 年 1 月我在沙特的利雅得完成了我的第 72 座雕塑，月底直接去印度，半个月的时间完成四米多的第 73 座雕塑，2 月 14 日到达世界第七高峰道拉吉里峰的山下，让我的雕塑得以屹立在喜马拉雅山下。

两个月，三个国家，三座雕塑，虽不算常规操作，也并不稀奇，但是受疫情的影响，我下一步的哥伦比亚、保加利亚、玻利维亚的“三亚”之行，全部未能成行。而此时的回国之路，也困难重重：封闭的边境、频频改期的机票、瞬息万变的隔离。

于是加德满都的大佛塔附近的小客栈，让我驻足下来。

每天可以十点睡觉，听着鸟叫起床，一天可以洗两次脚，还能喝一大壶热茶，让工作留在身上的各种小伤口可以慢慢恢复，早起吃一碗糌粑，每天能转佛塔，祈愿众生远离疾病。加德满都东北的博达哈佛塔也叫“满愿塔”。

愿家人安好、国人安好、世人安好、众生安好，便是一切安好。

• 大佛塔

2017
Hualien
International
Stone
Sculpture
Festival

图书在版编目（CIP）数据

斗石头：《刀锋上的行走》修订版 / 刘洋著. --
北京：北京日报出版社，2020.9
ISBN 978-7-5477-3711-8

Ⅰ. ①斗… Ⅱ. ①刘… Ⅲ. ①游记—作品集—中国—当代 Ⅳ. ① I267.4

中国版本图书馆 CIP 数据核字（2020）第 122370 号

斗石头《刀锋上的行走》修订版

出版发行：北京日报出版社
地　　址：北京市东城区东单三条 8-16 号东方广场东配楼四层
邮　　编：100005
电　　话：发行部：（010）65255876
总编室：（010）65252135
印　　刷：天津创先河普业印刷有限公司
经　　销：各地新华书店
版　　次：2020 年 9 月第 1 版
2020 年 9 月第 1 次印刷
开　　本：710 毫米 ×1000 毫米　1/16
印　　张：20
字　　数：260 千字
定　　价：68.00 元

版权所有，侵权必究，未经许可，不得转载